我的開心農場

翁維璐散文集

推薦序

快樂歌唱的文學農場——走進翁維璐《我的開心農場》

楊樹清

「也許您對我不熟悉，容我舉一些您應該認識的好友，可能呈現的一些交集來，我是翁翁的姊姊國小國中同學兼好友，王金鍊老師夫人之同事兼好友，蔡榮根夫人之好友兼同事，楊永斌的國中同學，我大哥翁文獅老師曾是洪春柳老師的國小導師……等等，我還是金門高職退休的音樂老師……。那天再次拜訪陳長慶先生，方知前些日子您也到過長春書店，您真是多情重義之人啊！」——翁維璐〈電子郵件一則〉（二〇一三年六月十二日）

一封躺在信箱快兩個月未開啟的電子郵件，經索序人來電催促，寫序人打開之後，才驚覺就要「失序」了。五月間，將出版《我的開心農場》的索序人翁維璐已來電徵求同意並掛號寄出書稿，我也回了則簡訊「當努力為序」。偏偏春、夏之季，浯鄉出書、索序者多，依序為：陳慶瀚《離散對話錄》、北珊《浯水牽情》、羅德水《金門觀察筆記》、鍾永和《海洋台灣風情》、楊樹森《美麗重生》、楊清國《海濱鄒魯朱子島》，以及翁翁主編《時光露穗．浯島紅高粱》，再加上翁維璐的這一冊《我的開心農場》，天哪，瞬間湧入八本書要閱讀篇序要追趕，我如何能不「脫序」？告訴自己，就將後到的且不很熟識的翁維璐的書序暫時擱著，如果她沒再來催序，就跳過了。

原以為可跳過翁維璐的序。遲遲才開啟的電子郵件，我再也沒有脫逃的理由。信中「您應該認識的好友」，我開心大笑！多麼像智慧型手機LINE聊天室裡常顯示的「您可能認識的人？」可以選擇「封鎖」，也可以決定「加入」。

不使用LINE的「翁維璐」，心靈聊天室，我決定選擇「加入好友」。

不只是她信裡提到「您應該認識的好友」的快樂觸動，更在於她來信的真、行文的善、鄉情的美。《我的開心農場》，一個夏季裡的第八篇序，卻也是讓我心情從沉重到開心的一篇序。

人或許不相熟，文卻是熟悉的。之前，二〇一〇年已讀過翁維璐（筆名：一梅）的《一曲鄉音情未了》，師大音樂系畢業的高職音樂教師，抱持著「健康的身心、快樂的歌唱和不斷的寫作」，陳長慶評賞她「儘管沒有華麗的詞藻和耀眼的色彩，但無論是記敘、抒情或詠物，可說句句都是作者誠摯的心靈，篇篇都是一梅耳聞目睹或親身經歷的真人實事」；翁翁則動容於她生活在島鄉的親情章節，「父親母親、兄長姊妹、親戚鄰居，活生生的上演著我們對於舊時家鄉的全部記憶，苦難時代的島鄉、濃情蜜意的家族情誼、患難成長的手足袍澤、年復一年逐漸凋零遠去的長輩，宣告著一個舊時代的結束……。」

《一曲鄉音情未了》裡的翁維璐，因為未了的鄉音、未竟的鄉情，「無數個秋冬春夏早已悄悄的徘徊復徘徊，但依然帶不走你留下來的那片雲彩」，陷入時間長河的書寫者，藉由她熟悉的音符不停地撥動心底的記憶之弦，昔時戰地時代一曲《金門禮讚》，「馬山西望，暮雲籠罩著故鄉，當年南山砲火，血債更難忘」，對照今日閩南語歌謠《番薯情》裡的「感情埋土腳，孤單青春無人問，夢鄉穿砲彈，滿山的番薯藤切膾斷」，魂縈夢繫般的歷歷往事，依然沉潛在她的記憶深處，一字一句、綿綿密密譜就了情未了的一曲鄉音。

從帶點暗色調的《一曲鄉音情未了》鄉土之重到暖色調的《我的開心農場》，顯然的，翁維璐的書寫旋律、心情顏色，也有了微妙的轉折、變化。她以現代科技遊戲產物，Facebook的「開心農場」作為命題，看似與過去一貫的鄉土、記憶書寫脫勾；我的猜想是，她是要傳遞一座島嶼時空與一個寫作者心路的幻變，藉此尋求創作空間的突破點，一如書中篇章〈人生轉彎處的驚喜〉裡對激盪、起伏人生的自我解構、描繪。

烽火歲月的流離感帶來傷逝的《一曲鄉音情未了》，昇平之境的幸福感帶來驚喜的《我的開心農場》。翁維璐的文字與情境，不華麗也不蒼涼，但自有一種敘事的真性情，以及質樸的序裡行間，拓墾出一畝可以快樂歌唱的文學農場——《我的開心農場》。我開心寫下，樂為之序。

推薦序

理想大夢——為《我的開心農場》鼓鼓掌

翁翁

置身在富麗堂皇的國家音樂廳裡，定下心來專心聆賞來自家鄉的國樂團演奏，這是進入盛夏時候，一個炙熱沉悶的城市的夜晚。諸多的鄉人們，聚集在音樂與鄉情圍繞的殿堂裡，守候著夏日夜晚的美好音樂盛宴。

入場前，想起還多了一張票劵，臨時起意，用手機簡訊通知一位家鄉的老朋友前來欣賞演奏，順便享受享受國家級的冷氣。只一會兒，簡訊回傳：「臨時獲悉通知，想去，可是有事在身，走不開啊！」我想也是，這樣臨時的邀請畢竟太過草率，完全沒有顧慮到對方的處境，能夠這樣隨傳隨到的機率幾乎是零，不禁為自己的莽撞暗自失笑。

演奏會甚是精采，來自家鄉的年輕演奏者在廳堂上認真而投入的精湛演出，忍不住鼓掌到雙手有些發麻。但真的是值得這樣的掌聲鼓勵啊！這是金門國樂團首次獨立公演，在國家級的音樂殿堂之上。年輕樂手們以嫻熟、氣勢磅礡的國樂交響規模演出家鄉的風情，怎不令人感動萬分呢？年輕的演奏者也許無法體會昔日金門海島的窘困與荒涼之處境、也不曾經歷過戰爭那年代以及漫長的冷戰期間，島上的封閉與緊峙氛圍。他們是幸運的世代，所以當他們專注地埋首於各自樂器的彈奏之間，彷彿他們認真彈奏的只是某一段樂譜裡所描述的歷史情境。

我們，同樣在這座島嶼出生、成長，但是對於島嶼的認知與印象，應該懷持著截然不同的心情吧，不禁為這些青春伊始的年輕音樂家們感到欣悅。

國之邊境的海島家鄉，如今已是煥然一新的景緻，再也不是記憶裡清貧、困乏且寂寞的海島。隨著局勢的改變，正以急迫的步伐，快速地追隨著新的時代，努力邁進。

想起清明節時候的返鄉一程，陷身在久違的霧境裡的異樣感受，眺望著理當熟悉卻彷如初遇般的陌生風景，竟然無端湧起一種快慰的新奇感受。這樣也好，換個心情重新體會這個現實中的島嶼，今之面貌。

年少就離鄉，錯失了結識更多鄉人的機遇。是後來才陸續有機會認識多位值得敬佩的家鄉前輩。他們都在已屆退之齡，仍為家鄉無私的奉獻與付出。發起組織國樂團的王金國老師，全力提倡馬拉松路跑的楊媽輝老師，以及久聞大名卻一直無緣相識的翁文献先生。（後來才知道他就是維璐姊的三哥）先前，常聽老父親提及村子裡的文献先生熱心公益的種種事積，無論宗親會、老人會、小學教育等等，都少不了他的熱心參與，是少見真心回饋鄉里不求任何回報的好人。父親要我學學文献先生、多點心關心家鄉事。

那年，正好家鄉的宗親會舉辦外訪出遊之行程，父親私下埋怨，別的宗親會都有制服背心，團體出遊既安全又顯精神，唯獨咱村一直沒有添置。那時，我正好承接了一些活動的文宣製作，順便就向廠商訂製了一批印有宗親會字樣的團體背心，以父親之名，捐贈給村子裡的宗親會。這事讓老父親很開心，我也才體悟到，老人家的觀念裡，宗族與傳統禮教的傳承意義。

後來，卻輾轉聽聞向來熱心的文獻先生不幸因病辭世，感到不勝唏噓。但他長久以來為村子的奉獻早就獲得無數的掌聲與美譽。為此，全村總動員，罕見的在金鼎小學舉辦了絕無僅有的一場追思音樂會，紀念文獻前輩的德澤。重讀維璐的文章，見她屢屢敘述他引以為傲的翁三哥，生前的種種義舉，不僅造福了村民，也為家族裡留下光榮的身影。

維璐姐以她細膩且觀察敏銳的文筆，繼二〇一〇年出版的散文初集《一曲鄉音情未了》，兩年之後再度推出新作，不得不讓人佩服。她以鉅細靡遺的態度，生活書寫，書寫生活。並且認真執著的從生活中付出、學習、體驗、享受。不僅在島嶼上悠遊自在的勤耕生涯，也圓了寫作的夢想，這一點，真叫人萬分豔羨。想起我們旅台的這一群朋友，人人心中難免都心存著一個大夢；總有一天要重返記憶裡的那座美麗島嶼，重溫最初最簡樸的純真年代。那或許真的就只是一個大夢，一個恐怕永遠無法達成的美夢。但是從維璐姊身上，我提前見到有人已經實現，而且是以近乎理想且完美的方式。完整實現。

今年夏天，旅居台灣的「金門鄉訊人物聯誼會」朋友們，正努力的在編寫一冊以家鄉的紅高粱為主題的創作合集——《時光露穗》，我們預計以每年一書的目標，在各自忙碌的工作與生活之餘，用文字與影像，為遠鄉存留一些值得紀錄的美好印象。大夥推我統籌這書的編程，我很樂意的接下擔子，當作這時期我所能付出的小小心意。寫一封家書，獻給我們遙遠的、常常想起的那島嶼。我積極的聯繫了島上寫作的朋友們，一起為這書提筆書寫，獲得不少回應與認同，維璐姊更是義無反顧熱情的支持，非常感謝。能夠再度替她的新書寫序，是我的榮幸，祝福維璐姊創作不懈，持續書寫。為自己，也為我們共同的島嶼。

二〇一三夏天，台北

自序　我的開心農場

人生有夢最美，希望相隨。怎麼也料想不到今天我已集結完成了兩本書，成為這兩本書——《一曲鄉音情未了》、《我的開心農場》的作者，對我來說，它猶如天方夜譚、海市蜃樓般的不可思議，亦為我帶來空前未有的鼓舞與歡欣。

猶記得，當第一篇文章「我家三哥」刊登在《金門日報》上時，我多麼振奮啊！這第一篇的試投，一投便中，對我來說意義十分重大，因為即便我是一個意志剛強的人，擁有堅韌無比的鬥志和不屈不撓的毅力，但我還是欠缺一股自信，賣力的演出總希望得到肯定。是它安撫了我一顆忐忑的心，給我往前踏進的勇氣和信心；是它開啟了一扇窗，讓我瞧見了窗外美麗的藍天白雲，和那片光鮮耀眼的繽紛世界！

當今電腦化的世代裡，寫作、投稿的生涯是不能不與電腦為伍的，在早期PE2的年代裡，我參與學校的研習，認真地學用電腦，可說是電腦的先鋒部隊了，然而，在學而不用之下，只是凸顯我「學得慢，卻忘得飛快」的毛病罷了，和我一起參與研習的外甥家雨當年還只是資訊系大一的新生，如今已成了電腦工程師、發明家，而我竟還是「電腦白痴」，在電腦桌前曠日費時，一篇文章依然打不完成，這一點也不誇張，所幸，我在學生時代裡奠定了良好的國音基礎，雖然國語講的不是字正腔圓、十分標準，但拼「注音符號」卻是十分了得，因此我得以倚賴這獨門祕笈，在電腦世界裡大顯神通，練出了神速無比的一指神功。就這樣的讓我愛上了一篇篇打出來、列印出來的文章，在我眼中，那是何等的賞心悅目啊！相對的也帶給我滿滿的成就感。

有了電腦的輔助，我得以直接在電腦桌前寫作文章，常常一篇文章的完成都是經過三修四改，即使刊登出來再次閱讀時，依然有不滿之處，好在這便捷的電腦文書處理，讓我得以隨時作修正，直到滿意為止。

雖然如此，我知道寫作這條路上，我還有許多進步的空間，一路走來，我特別感恩文學先進、前輩們所給予的批評與建言，以及親朋好友、讀者們捎來的讚賞與鼓勵，讓我可以依然本著「持續不斷、奮力不懈」的精神，人老心不老的向前邁進，我深信「天才都是鼓勵出來的」。

幸運的我早期有陳孝怡老師、劉卓維老師所給予的指導與鼓勵，近期又有親家母黃美齡老師不遺餘力的悉心指導，總是於百忙中不吝給予鼓勵與指正，又承擔起《我的開心農場》的校對工作，讓我受益匪淺、獲惠良多！再加上文學先進楊樹清先生、翁翁所帶來的鼓舞，為本書寫序，它恰似一劑強心針，讓人格外振奮；當然更加感謝《金門日報》、《金門文藝》所提供的發表平台，以及主編先生們猶如函授老師般的指導，時時惕勵著我的成長，以及金門縣文化局的贊助出版，讓我再次的榮享集結成書的心願。

《我的開心農場》概分為兩部份：「往日情懷」與「生活偶拾」，由於我擁有超強的記憶，所以雖然年歲漸增，依然不減當年兒時的記憶及夙昔的感懷，且至今回味起，更別有一番滋味在心頭；而生活中俯拾皆是的人世風情，點點滴滴都極為珍貴，值得咀嚼再三。因此趁著寫作興趣正濃，又有良師益友督促、鼓勵與指導，我更思振奮，加倍努力，將之一一譜寫成文章。以「我的開心農場」為書名，正說明寫作已成為我生活中的一部份了，我努力耕耘之，也樂在其中。

此時此刻，漫步在文學園地裡，美夢終於成真，心中除了感恩，還是感恩！

目次

上卷 往日情懷

下卷 生活偶拾

上卷

往日情懷

追慕與感恩

午夜時分的一通電話劃破了夜晚的沉寂，趕緊先通知大哥大嫂，再與外子火速趕到加護病房。雖然信義新村距離署立醫院不過是百步之遙，但在心急之下的這一段路程走起來竟是這般的遙遠。

一禮拜前，身為家屬的我們雖然極度不忍見到氣切痛苦的景象發生，但我們還是深信強有力的醫療團隊能給予專業的照護與醫療，然而，不該發生的還是發生了……。此刻，眾家兄弟姊妹陸續來到，面對插滿管子的公公，難掩心中的不忍與無奈，特別是身為醫師的外子更是深感百般無力的悲痛，情急之下，抑制不住的奪框淚水默默流淌。回家與否，陷入兩難，因為一旦回家，拔掉管子，視同放棄，於心何忍？設若留院觀察，又恐延誤回家時程，擔心一些煩擾之習俗。思慮再三，最終我們還是選擇留院觀察，抱持著最後的一絲一線希望，希望奇蹟出現！

這漫長的夜晚是如此出奇的難熬，遠處傳來的狗吠聲，還夾雜著呼嘯而過的車聲，聲聲入耳，時鐘滴答清晰可聞，就連那風聲、呼吸聲亦是規則的頻頻響起，益加凸顯了深夜的寧靜，幾經輾轉反側，還是難以入眠，待要入眠時，催命似的手機鈴聲再度響起，一時間不由得心中方寸大亂，雖已有了心裡準備，但還是不信這一刻的提前到來。

淚眼模糊的我們再度來到加護病房，心中夢幻隨著希望的歸零而再度幻滅，大哥在悲痛中浮現冷靜的思緒，先通知在台未歸的兄弟，再聯絡好生命禮儀師作完善之規劃，外子則配合醫療團隊作最後拔管處置，以及最後繼續給氧的後續作業，我則先行回家，將客廳作一整理、安排，騰出一個舒適的空間，並點燃除障香，清除四周可能存在的不祥之物，以求免除一些不必要的干擾，讓公公安然走上人生最終、最完美的旅程。

靜待中的分分秒秒猶如蝸牛爬行，其緩無比，思緒的起伏又是這般的雜亂紛紜，此時，我與公公這一生的因緣際會如同倒帶機般的再一次的在腦海中浮現、播放，往事歷歷、一如昨日……。

公公在我心目中是一位慈祥的長者，和藹可親，他老人家總是未語先笑，擁有一股極佳的親和力，讓人樂於親近，也許飽讀詩書之故使然，自然顯現出一股不凡的氣質來，就如合唱團的朋友們來家中探視他老人家時，他依然是十分有禮貌的坐在客廳與大家閒話家常，充分顯現出長者的風範。左鄰右舍亦深為其風度所折服，特別是以九七之高壽，還堅持在房舍四周走路運動的這份毅力，讓大家發自內心的佩服、讚嘆！

在我初入許家之時，公婆尚住在後沙老家，平素上山下海，奮力謀生，數十年如一日，養成樂天知命、克勤克儉的習性。當年在地方上亦屬高階知識分子，政府亦曾延攬「入朝為官」，但因薪俸不足以因應食指繁多的家中大小，所以還是奉行「民以食為天」的大原則，堅守著「以農立國、以農為本」的大前提，務實務本，又得天獨厚，既有山又有海，山、海總攬，雖然多一份辛勞，但相對的也多一份成就和謀生的本錢，就這樣的拉拔一家老小數十口，可謂「不容易」啊！又於晚間在祠堂教授族人讀書識字，特別是在民智未開的年代，意義非凡，是何等神聖、偉大啊！其為人生性耿直，明是非、辨善惡，不偷、不搶、不貪，且拾金不昧，視不義之財如天上浮雲，而被傳為嘉譚軼事，難怪受到族人之景仰；「舉頭三尺有神明」是他心中篤定不變的信念，因而得神護衛，同時身兼神職人員，能聽「佛字」，為前來求神問卜的鄉親們傳達神明的旨意……。居於此諸多因緣，造就了他在鄉親心目中不凡的尊榮地位，實非偶然得之。

俗話說：人多好種田。何況是山海一家啊！更需要眾多人手的幫忙與協助，因而，孩子們得隨之上山下海，辛勞有加，但那畢竟是那一時代難以避免的宿命啊！所以，您瞧！以他不是那麼高壯的體魄，竟能獨力收穫百斤以上的海蚵乾，是多麼的不易！那是需要多少的海蚵，方能煮熟曬乾成百斤的「蚵乾」啊！一般人「生吃都不夠」，他們還有餘力得以「曬乾」，不知羨煞多少人也，而這些收穫總是往台灣寄，分享在台的子孫；螃蟹則是剝殼取肉、拌上菜類、麵粉，炸出味美之珍饈，如今想來真是奢侈，但，當年對他們而言，卻是稀鬆平常，視為當然，這就是討海人所擁有得天獨厚的天時地利，所以，外子每當回憶兒時情景，雖有辛酸、怨言，但亦有諸多難忘的甜蜜回憶。

懷老大時，有幸還趕得上吃到公公捕捉到的大紅蟳，還記得那滿溢著黃澄澄的蟹黃，十分肥美，加上外子與生俱來的「剝蟳」功夫，讓我毫不費勁兒的大快朵頤，既滋補味美，又達到「一人吃、兩人補」的功效，也充分顯現出公公對即將來臨之兒孫的疼愛與照顧，我可是吃在嘴裡，甜在心裡，感恩到心坎兒裡！

一九八七年我們住進信義新村，有幸公公搬來與我們同住以至於今，這是我們此生最大的福報，亦是我們的一大福氣，因為家有一老，如有一寶。雖然，仍然擺脫不了落入世俗所造就的「距離就是美」的圈套，但我們是責無旁貸的盡了應盡的本分，儘管毀譽參半，亦能了然於心，所以，此刻我得以坦然面對而無憾。因為我們畢竟是世俗凡人，情緒在所難免，而「超凡入聖」一直是我們所追逐的標的與完美境界，所以一般世俗給予的評價自是褒多於貶，甚而是誇讚有加，雖然只是盡了應盡的職責而已，但我依然欣然接受如此的讚譽。

公公才華橫溢，寫得一手好字——此其一，許是遺傳所致吧，子女們也各個都寫得一手好字，一個個都上得了檯面，得獎更是常有之事，就連我的大兒子竣閔亦得過全縣國小書法第一的獎項，並取得赴台參加比賽的資格。每到過年，他老人家總是早早把對聯一一寫妥，從買紙、裁紙、磨墨到書寫，他可是煞有介事的忙得不亦樂乎！

腦筋靈光——此其二，他總是懂得廢物利用，準備扔棄的掃帚、拖把，在他妙手之下總能使其「敗部復活」直至「鞠躬盡瘁」，達到物盡其用的最佳效益；「餅桶」對角線切開來而成兩個畚箕、不用的小碟子打上數個小洞就成為小蒸盤了、買來鐵絲繞成S型就成了一個理想的掛勾，曬衣繩上一一打上繩結，即成了理想的曬衣間隔……，凡此種種，隨地隨處，皆能見其巧思，生活果真就是一種智慧的展現啊！讓人益發感受其不可思議之智慧泉源。

許是因緣成熟，又居於地利之便，公公竟有緣來到護國寺接近了佛法，皈依三寶，與佛門結上不朽之因緣，從此長年茹素、禮佛，嚴守五戒：不殺生、不偷盜、不邪淫、不妄語、不飲酒；亦深信因果循環，善有善報，惡有惡報；又對己戒律甚嚴，上行下效，兒孫皆受其薰陶並蒙佛祖庇佑，獲得最佳之福報，誠所謂的一人得道，舉家受益。公公一生簡樸無華，但對佛法事業的奉獻卻是充滿著慈悲喜捨，護國寺整建時就慷慨的捐出十萬元的積蓄，他總是作對的事、走對的路，留給後人一個學習的好榜樣。又知悉養生之道，總是食不過量，但求七分飽，雖然吃長齋，但不吃素料加工品，少量多餐求健康；經常閱報，關心天下事，自然跟得上時代，所以心胸開闊、坦然無礙，一切皆能了然於胸，那是身、心、靈三者合而為一的健康體現，亦給了子孫們一個活生生、最佳的生命典範。所以公公的高壽常是子孫們引以為傲的地方，亦是親友們欣羡之處。

知書達禮——此其三，由於人生的體驗、閱歷的豐富，使得滿腹的俗諺、典故渾然天成般的流露在言談之間，即所謂的出口成章，因而，其人品修為極為不凡，讓人如沐春風，言談即是最佳之表徵。再從公公之遺墨中發現其對經書佛法之鑽研精神，實在令人欽佩，不但記上譯音，還加上註解，功夫之深，讓我望塵莫及，難怪在金門佛教界裡只要提起肇基伯，真是無人不知、無人不曉，蓮友們若對經書有所疑惑之處，或念誦上之問題，常能從肇基伯那兒得到滿意的答案，他知無不答，言無不盡，是經師亦是人師，難怪蓮友們聞其名莫不肅然起敬。我真後悔沒能將公公平素所說的一些嘉言俗諺一一記錄下來，因為之前沒有養成書寫的習慣，此刻思及，為時晚矣，徒留深深的遺憾！

曾有三到四年的時光為方便孩子們就學而客居金城，此期間，他經常搭乘免費公車來探視我們，小坐片刻，旋即離去，我常要送他一程至車站搭車，皆為其婉拒，當然，他也許也是想藉機走走路來鍛鍊身體，他就是這麼的客氣，自己能做的事絕不麻煩別人，所以多年來的吃素也總是自行料理的居多，直到後期不慎跌倒，需要外傭代勞。在外傭未到之前，對於我的烹煮他是欣然的接受與讚賞，且從不挑剔，真是一位很好侍奉的老好人啊！

他老人家常提及：一命、二運、三陽居風水、四積陰德、五讀書，而「萬般皆下品，唯有讀書高」更是他根深蒂固的思維。因為讀書變化氣質，改變一切，更是晉升仕途的不二法門，所以要好兒郎需先讀書，有鑑於此，特別是在當今的時代，他總希望兒孫們勤讀書，作一個對社會有所貢獻之有用人才，所以特別拿出十萬元讓孩子去補習。他說：「這些錢都是你們給的，我一個老人家用不了這麼多錢，還是讓孩子們去補習，把書讀好比較有用。」雖然我婉拒了十萬元的鉅款，但他老人家的一番心意，我是百分百的接受了。又於逛市場的當下，曾買了三件極其保暖的大陸毛衣送我，雖然便宜，但意義卻是不凡啊！為此，我常向親友炫耀這段溫馨感人的往事，他就是如此的細心、有心與用心，讓我難以或忘。

我經常載著公公一起回後沙老家祭拜祖先，讓我十分珍惜這段暢所欲言的旅程，我們得以交心、談心，相互提攜，因為我們是並肩作戰的最佳拍檔啊！猶記得最後一次坐月子期間（前兩次皆由我家大姐代勞），他總是盯著婆婆注意用餐時刻，還為此引來婆婆的不悅，這些點點滴滴全銘刻在我心裡，我何德何能，受到公公如此眷顧啊！慈父般的公公就像和煦的春陽，溫熱了我心深處。此時此刻，思及即將失去心靈深處倚靠的無形支柱，叫人難掩心中悲痛，淚水就像潰堤的洪水宣洩不已……。

思緒至此，刺耳的救護車聲由遠而近的傳來，公公在醫療團隊及大哥大嫂、外子的護送下安然抵達家門，氧氣不斷地在外子手中按壓補給，但小小的氧氣桶很快的就耗盡有限的供應量。清晨七點五十分公公走完人生旅程，了卻俗緣，登上極樂淨土，公公就像打完了人生最光榮的一仗，累了、倦了，需要長時間的睡眠與休養生息，所以一切顯得如此平靜、安祥無礙，我深信以公公在佛法上的精進修為，應已得到解脫，並榮登極樂世界，永世聽聞佛法！應該為他高興才是，但以我一介凡俗女子，為人子媳的我們，此時此刻，面對此情此景，心中之悲之痛豈是言語所能道盡的啊！

居於佛教禮俗，我們克制住淚水為公公助念，誦經十二小時之後才稍事休息，特別感恩陳居士帶領我們持續不斷地為公公助念了八小時，大家在寧靜、肅穆的氛圍裡，全神貫注、一心一意，虔誠的頌出我們的心聲，祝願公公得佛祖庇佑，往生極樂淨土。誦經聲化解了我們心中的哀思，也昇華了對公公感懷的情愫，也許是孝思感動天，聲聲句句皆沁入心扉，感應非凡，我們不但沒有絲毫的飢餓感，還毫不倦怠的一鼓作氣完成八小時的助念。

接著，大家稍事用點鹹稀飯、喝點水，師父也已來到，繼續陪伴我們持續另四小時的助念，這黃金般的十二小時，就在大家滿懷感恩之下完成了，特別是大家都沒有如此長時間助念的體驗，一個個還能挺起筆直的背脊、盤腿而坐、持續的誦經，且無人喊累，實屬不易啊！莫非這是公公默默給予我們的精神感召與支持，讓我們得以順利完成此一功課，同時也顯現出子孫們心中對公公無盡的孝思與感恩之情。這是公公往生之後為他所作的第一件有意義的事，我們也從助念中獲得心靈上無比的平靜，法喜充滿，而有了另一層次的體悟。

接下來的日子裡，一波又一波前來弔唁的親友們，花圈、花架、罐頭禮塔擺滿了靈堂，猶如置身於花香的世界裡，致贈之奠儀，更潛藏著一份深厚的情誼，讓我們倍感溫馨與感恩，處此人情味濃厚的家鄉，叫我感動莫名！後沙族人以及信義新村的親友們皆主動前來幫忙，這份隆情厚誼豈是我此生所報答得盡的啊！雖然閩南語說：父母是相互共有的（共同擁有之意），但是，背負著各界親友的厚愛，我只有感恩再感恩了！

至於輓聯、被子、毛毯更是多得不計其數，除了前任縣長、縣長、治喪委員及各界首長致贈的輓聯，還有值得一提的是馬總統英九先生及吳敦義院長致贈「碩德貽徽」，以及王金平院長致贈「典型宛在」，台北市吳碧珠市議長「碩彥流芳」……等等輓聯，凡此種種，不但給予往生者一份尊榮，也帶給喪家眷屬無限的恩寵，我們心中除了感恩，還是感恩！

出殯前的這一段日子裡，我們依然為公公早晚誦經，蓮友們也連續來了幾天，和我們一起持續為公公誦經，我總是如是思：公公以其修為，加上師父帶領大家為其助念，應已榮登極樂世界、佛門淨土；而能有如此高壽，實屬難得，一般皆以喜喪來辦。然而心中依然不捨他老人家離我們而去，雖然月有陰晴圓缺、人有悲歡離合，但俗事塵緣有時盡，我們只有惜緣、惜福，一切盡人事、聽天命，盡力為之了。

出殯當天，感恩各界親朋好友親臨，這份大恩大德讓我感懷在心，亦深深地溫熱了我心深處，特別是後沙族人及信義新村的好鄰居連日來不捨晝夜的協商、策劃，使得公公最後這段人生旅程，達到盡善、完美，當然身為長子的漢昌大哥居功厥偉，不眠不休，一手承擔了所有的大小事情，再一次的樹立了長子的典範，讓我們由衷的感佩。

事後繁瑣事情依然是層出不窮，有待我們逐項處理，而我們再次揣摩公公心意，以公公名義捐贈予海印寺、護國寺與金剛寺各兩萬元的建廟基金，我以為這是公公往生後我們為他所做的第二件有意義的事。而以公公名義設置基金之類的籌劃尚在醞釀計畫中，我們衷心冀望公公遺愛人間、澤被萬民，讓更多人與我們一起受惠，這是為人子媳表達孝思的具體表現，亦是我們急於樂見其成的，這將是公公往生後我們迫切要為他做的第三件有意義的事。我深信公公這一生了無遺憾，會滿意我們的做法的。

人生大事雖然暫告一段落，但依然難以減除我心中的落寞與失落感，無法割捨我與公公這二、三十年來的相處所建立的深厚情誼，因而，我將思念化為每天早晚為公公奉茶與誦經，每當望見公公座落於佛桌上那栩栩如生、十分傳神的遺像，心中就感到十分踏實，自今而後，他將永駐我心，成為我精神上的一大支柱，更希望公公在極樂世界聽聞佛法、無有罣礙，樂享天年，那就是我們最大的心願。

金門日報　二〇一〇年十二月十四日

兒時情景

回憶是一杯濃醇的美酒，值得你一再的淺斟低唱、沉吟回味……。

生活在農村且貧瘠的年代裡，能求溫飽已屬萬幸，哪敢有任何奢求！所以兒時雖然沒有繽紛絢爛的童年，倒也是無憂無慮、天真爛漫的度過了多少個春夏秋冬。

農家子弟，家中永遠有幹不完的活兒，日出而作、日落而息，生活規律、作息正常，每天與大自然為伍，吸收天地精華，自然練就出一等強健的體魄來，如今雖已年過半百，還不曾有骨質疏鬆的現象，只因當年確實地下過一番功夫，換來現在的「骨」本雄厚，是幸？不幸？

雖然是日出而作，但每逢暑假的農忙季節裡，還得和太陽公公來比一比，看誰起得早。記得有一年收成時，家中人手不足，聰明的二姐招來一些家中無農事可忙，有閒且樂於農事的學弟、妹們來幫忙。大家起得比太陽公公還早，滿天星斗為我們點燃天邊明燈，照亮走往田間的小路。我們總是先來個熱身操，活動筋骨，再繞著頂堡的精忠堡公園慢跑一圈（那時候還有衛兵站崗守衛著，我們還得答出口令呢），接著才到田裡拔花生、割高粱、摘玉米……等。當年，實在是佩服二姐在同儕間的領導能力，因為有了他們的幫忙，可就人手足、效率高，輕鬆愉快了。等到太陽升起時，我們早已忙完田裡農事，準備回家，累雖累，但小小身軀卻是累得快，體力恢復得也快。若能早起，就不必和太陽公公在太陽底下並肩作戰了（因在豔陽下工作，常把人曬得像小黑人一般）。一天的農事忙完之後就可回家好好休息，明日繼續請早。母親常說：三日早抵一晡（閩南語）。亦即是三天的早起就抵得上半天的功夫了，表示工作效率極佳的意思。此言至今依然讓人奉為金科玉律呢！

二姐超喜歡看書的，農事之餘總沉溺於書香天地，當時武俠小說、漫畫書皆十分暢行，然而除了學校正規課本，父母是不允許我們去涉獵的。由於長幼有序、兄友弟恭的庭訓使然，加上我對二姐的崇敬，竟成了唯「二姐之命」是從的小僕人，隨時聽其使喚。那時二姐住在巷仔頭頂的小閣樓，為了避開父母的視線，我可是練就了一身絕世輕功，可以飛簷走壁，我輕踏著屋頂上的屋瓦，翻越脊梁，躍入我家後花園，再穿過芭樂樹，直奔金西戲院前的漫畫書店借書，再循原路飛奔回家，完成任務。

沒有接受過速讀訓練的二姐，看漫畫書的速度卻是相當驚人，此乃歸功於常看書的緣故吧，不一會兒功夫就看完一本，連老闆都嘖嘖稱奇呢。在不斷地借閱之下，我竟成了攀爬高手，可以隨時隨地在屋頂上穿梭、橫行。如今回想起來還蠻驚險的，當時許是中武俠小說之毒太深了，總以為真的可以練就一身絕世武功，濟弱扶傾，為萬世開太平呢。

小小年紀，卻有大大的模仿力，也不知從那兒弄來的一堆漫畫書，我們竟在家中挪出一個空間做起出租漫畫書的生意來。小小的空間佈置得儼然如一間小書店，容納一堆小朋友在此閱覽，流連忘返。因為二姐自己喜歡看，又可與人分享，重要的是還有錢可賺呢！現在回味起來，真是溫馨、甜蜜，只要打開記憶的百寶箱，童年往事便一一浮現，猶如進入時光隧道，點點滴滴盡在腦海裡盤旋、環繞……。

當時不僅看武俠小說，還常看武俠電影，因為我家旁邊的金西戲院就是金門當年首屈一指的大戲院，梁祝上映時可是場場爆滿，一票難求。每當散場時，小朋友常被擠得哇哇叫，我的小拖鞋還曾擠丟過呢；而頂林路上接踵而至的人群絡繹不絕，真是盛況空前啊！我們得天時、地利、人和之便，光是梁祝至少看上十遍以上，所以黃梅調朗朗上口，足以代替言語作為溝通的橋樑，加上小孩天生就具有超強的可塑性，真的是「唱的比說的好聽」啊！除了梁祝，心目中也極為崇拜女俠于素秋超人的本領與高強的武功，在農事之餘，我們常模仿其飛天鑽地的本領，借助摘完、曬乾、綁成一捆捆的花生藤來演練飛俠的功夫，從堆疊得很高的花生藤上一躍而下，還能毫髮無傷，且樂此不疲，那就是我們黃昏時分最大的娛樂了。

講到看電影，就得再往前追溯，我們可是從小看默劇長大的，一直看到有聲電影出現。默劇時代都由軍方開著一部「電影車」，輪流在各村莊播放，只要在舞台上掛上一面白色布幕，就可播放影片了。「電影車」一來，大家興高采烈的湧至車旁等待觀賞，小朋友一個個都喜歡在白色布幕前排排坐，這樣才不會被高個兒擋住，也才看得清楚。由於白色布幕會隨風飄搖，風稍強時還會飄到臉上，所以每當播放驚險畫面，又剛好布幕隨風飄蕩過來時，就好像劇中人物直撲上身，讓人驚叫連連，猶如置身於真實情境般，既緊張又刺激，甚至於晚上都惡夢不斷呢，但我們還是又怕又愛看啊！

後來有了電影院，一張票價新台幣兩元，那可是我們最奢侈的享受了，若買不起電影票，我們會在放映室的後門偷看，通常在電影快結束前，放映室的阿兵哥會把後門打開，這時我們就溜進去看免費電影，雖然是「無頭有尾」（不知來龍去脈之意），但大家依然津津有味的熱衷此道。當時學校規定除了假日之外，平時不能上電影院，大家大致都能遵守校規，不敢踰越。但只要老師問起：「昨晚去看電影的同學站出來。」我們這群誠實、憨厚的鄉下孩子，有去看的一定會乖乖的走出來，真是誠實、可愛到極點！更鮮的是，有一次星期假日看到老師也來看電影，而所坐的位置竟然是我的座位，當時不知哪來的勇氣，理直氣壯的去找碴，說：「老師您坐錯位置了。」（存心要老師好看似的）當老師拿出他的票根讓我一看，才發現原來是自己看錯了座位號碼，當下真是「糗」得無地自容，趕緊向老師連聲說抱歉！小時候對老師是敬畏有加，看到老師嚇都嚇死了，總是盡量迴避，那晚不知向誰借了熊心豹子膽，竟有如此反常的演出，現在想起那段往事，雖然佩服自己有「雖千萬人吾往矣」的英雄氣概！然而，最終卻是自己理虧，啊！真是「鮮」啊！

當年處於物質貧瘠的年代，看電影是最優的娛樂，而民生主食以地瓜為大宗。設若天天吃相同的食物，即便是山珍海味也要聞之生厭了，何況是天天的「地瓜安千粥」，或「地瓜安千麥糊粥」，真是「膩」到不行；就連兒時零嘴也是把「安千」拿來炒一炒，就能吃得咔啦咔啦響，津津有味呢。當時不知原來這些都是健康食品，養生又養顏啊！曾有報導：天天吃地瓜，八十歲看起來就像五十歲。地瓜的營養成份這麼高，我們竟在當年給吃膩了，真是人在福中不知福啊！

主食之外，配菜可就少得可憐了，甚而是一無所有呢，若有自己醃製的豆豉，就算不錯了。豆豉醃製的配菜通常會加一些西瓜皮上那一層白色部份的瓜肉，不知是放太久的緣故或什麼原因使然，這些醃製品常會長出一些白色的蛆，爬呀爬的，讓人望之噁心，全身都起雞皮疙瘩呢，如今卻有人將蛆炸來吃，聽說還蠻香的，且富有豐富的蛋白質，天下事真是無奇不有。幸運的話，還會有一些「黃支魚」可配飯，黃支魚因為魚刺太多，讓人不敢輕易嚐試，母親就將之炸得酥酥脆脆的，讓人無所懼的連刺一起吞下，真是巧手做羹湯，功夫要得啊！

回想起那個年代，真有幾許辛酸，難怪當年小姐們首選的結婚對象竟是伙夫班長，因為民以食為天，時尚所趨，不得不然也。當時營區的剩飯剩菜、饅頭、餿水都是老百姓的最愛，餿水可養豬，剩飯剩菜油水多，炒過之後端上桌又是一道美味可口的菜餚，特別是那饅頭塗上豆腐乳、辣椒……之類的佐料，或純吃饅頭，都是童年裡美味可口的珍饈佳饌，那股香味至今還讓人齒頰留香、回味無窮呢！

小時候也喜歡哼哼小曲兒，這些都是隨意聽來的歌謠，也不知歌詞為何，倒是吱吱呀呀的，唱得不亦樂乎，總是三、五好友聚在一起交流、相互切磋。夏天的夜晚，便是我們引吭高歌的最佳時機，天一熱，大家都在戶外乘涼、話家常，閒來無事，哼哼唱唱，自娛娛人，不亦快哉！直到年歲漸長，看到曲譜之後，才知曉原來歌詞是如此這般的！當時學唱，全憑聽力，和一股自發性的學習力量，完全是主動學習，所以能夠樂在其中，即便是當年沒有能力買唱片，但我們依然陶醉在甜蜜的歌聲裡，盡情唱著不知名的曲調兒。直到今日依然覺得還是老歌頗具韻味，聽它百遍也不厭倦，唱起老歌就讓人神往，陷入往日情懷而難以自已……。

時光飛逝、歲月如梭，如今雖已年過半百，但，兒時情景，歷歷在目、恍如昨日。小時候的愛唱歌造就了開朗的個性和無憂無慮的快樂童年，總是隨著心情的變化唱出當下的心情指數，達到無人、忘我的境界，因為歌中的喜、怒、哀、樂，正反應出我們的心聲，歌一曲紓解了多少胸中磊塊！所以，童年雖然沒有芭比娃娃、沒有樂高……，但在我們內心深處依然擁有溫馨甜蜜、回味無窮的快樂時光。多麼希望再回到不識愁滋味的兒時情景啊！

第七屆浯島文學獎散文組佳作二〇一〇年七月一日

感恩與祝福

俗語說得好：「長兄如父、『長姊』如母」。逢此母親節的前夕，除了感念　先慈的劬勞、婦德，以及對家庭無怨無悔的犧牲奉獻之外，也激起我對大姊——翁婉慈女士無限的感恩與祝福！

小時候常聽父母說起：在我嬰兒時期因為胎毒發作，全身長滿瘡，因而把我送給一對膝下無兒女的夫婦，後來那對夫婦因無法將我照顧好，再度將我送回我家，真是大費周章哦。在那個時代裡，兒女眾多，父母不得不為家計而忙碌奔波，所以，照顧弟弟妹妹的重責大任大都落在大哥哥、大姊姊的身上，我們就是如此一個個的、慢慢的被拉拔長大的，大哥、大姐實在是居功不少啊！而我可是從小由大姊把我背大的，真的是「長姊如母」！因而長幼有序，父慈子孝、兄友弟恭，和樂融融。故，逢此母親節，特別要感謝大姊對我的諸多照顧。

談到我家大姊，可說得上是一位多才多藝、生性開朗活潑、樂於助人的大好人，只要走訪武德新莊，隨意打聽一下「大粱媽」就知了，在金湖地區，她可說是「無人不知、無人不曉」，大名鼎鼎、名播遐邇。

她的手藝一級棒，記得小時候，有一晚肚子餓到醒了過來，這下如何是好？她靈機一動的幫我煮了一碗人間美味，那鮮美可口的滋味，至今依然讓我齒頰留香，懷念不已！吃完後特別叮嚀我：「趕緊睡哦，否則，時效一過又會餓。」當時的我乖乖聽話，就趕緊睡了，深怕時效一過又要餓了。當年生長在貧瘠的年代，常與飢餓相伴相隨，哪有什麼佳餚美食，倒是長期與飢餓抗戰似的，總是有「吃不飽」的感覺，能圖個溫飽已屬大幸，哪敢遑論其他！

長大後問及大姊何來神手？烹調出如此美味可口的食物，方知用的食材是家裡種的高麗菜，用水煮過之後加以勾芡、調味，再無其他配料了，就這麼簡單。而當時在「飢不擇食」的狀況下，只要能吃的都是「珍饈佳饌」啊！回憶往事多甜蜜！如今歲月更迭，場景變異，有人為了減重，常常是過午不食，有人是山珍海味吃到膩，真是難以同日而語。

大姊的手藝不只如此，祖母過世後的「頭七」，金門習俗必須招待幫忙料理後事的族人們，這起碼得席開十桌，所費不貲啊；在當年家境不好的情況下，她自告奮勇的來擔任「大」廚師，不但解決家中一大困境，也博得大家一致的讚賞與欽佩，真是不簡單也！

除了廚藝，女紅也是一級棒，我高中時的軍訓長褲與窄裙都是她幫我做的，當年家境好的同學，他們的制服都是訂做的，上衣、長褲與窄裙顏色一致，漂亮許多，但訂做對我們來說太貴了，所以黃卡其上衣買現成的，長褲與窄裙就憑她曾經參加過的「四健會」所學的縫紉技藝幫我製作，雖然一買一做兩者搭配起來顏色不一，但倒是既合身好看又實惠價廉。若有衣物不合身，經她妙手修改處理過後，必定包君滿意。小時候的連身裙、小洋裝也都是大姊幫我縫製的，所以小小心靈總要好好的巴結她，才能「吃香喝辣」，又有漂亮衣服穿呢。

在織毛衣上，更是講究，除了求變、創新，還追求完美，稍不滿意一定拆掉重織，直到滿意為止。就因這份求完美的精神，使得手藝日益精進，如今所織的毛衣可一點也不輸給專櫃而有過之，一點也不誇張。這份精神讓我自嘆弗如，永遠學不來、趕不上。大姊的毛衣不但織得好，成品也相當驚人，她身邊的親朋好友個個受益良多，從小到大無一不受惠。舉凡嬰兒的「和尚衫」、小圓帽到旗袍的罩衫，從傳統變化到流行時尚，可說得上「琳瑯滿目、應有盡有」。刺繡更是一級棒，我還拿她的刺繡作品參展呢，不僅得到佳作的佳績，到如今雖歷經多少歲月，還栩栩如生的掛在家中牆壁，訪客都情不自禁的駐足片刻，欣賞一番呢。

她蘭心蕙質，是姊妹中最聰敏的，難怪學什麼「會」什麼，又能學以致用，派上用場，真是難能可貴！只可惜當年不愛唸書，我常想：她若多讀幾年書，以她的聰明才智還得了，恐怕要到達超凡入聖的境界囉，但人生的際遇就是這般的難以定論啊！雖然如此，她可是獨得母親不少真傳呢，舉凡包肉粽、炊發糕、蒸年糕……等無一不精呢，她還會木工、水泥工，自己釘衣櫃、三角櫃、小板凳之類的東西，補牆、油漆，樣樣自己來，這都歸功於俗話說的「目頭巧」吧！大姊就是這樣的手、眼靈巧，一看就會的「超人」。也或許是環境使然，因大姊是了不起的革命軍人之妻，自然擁有一股堅毅不拔、獨當一面的個性，讓人敬佩！我們有幸，有這麼一位「多才多藝」的大姊來照顧，真是幸福啊！

值得一提的是：在四、五〇年代裡，她還是一位神射手呢，當年的金門不論老弱婦孺，全民皆兵，大家都必須接受民防訓練，連我們小學生都得編入勤務隊，女生則編入婦女隊，接受打靶訓練、救護訓練，大姐可是百發百中的神射手呢，當時金門日報還特別報導她，並刊登一張「荷槍坐姿射擊」的英姿，風靡一時，真不是蓋的哦，照片至今還保存完好。大姊不論學什麼好像都能有一番成績展現，總覺那是聰明過人，有以致焉。

她稱得上是一位樂於助人的大好人，擁有一份熱心腸，鄰里的大小事，她一定主動幫忙到底，譬如滿月、周歲的烹煮油飯，婚喪喜慶的大、小雜事……等，她絕對是義不容辭、竭盡所能的來幫忙。記得有一年婦女節，大伙兒在她家聚餐慶祝，餐畢還租了公車前往育幼院、養老院（現在的大同之家）去探視幼童及老人家，並致贈加菜金，然後再到各處遊覽，這種自發性的民間婦女團體還不多見呢，也許是排行大姊的關係吧，她總是特具領導人的特質，像「大姐大」似的，蠻有影響力。

我的游泳啟蒙老師就是我家大姊，當年在士校游泳池，大姊每天下午一定準時帶著兩位外甥女學游泳，她總是撐著傘、坐在岸邊觀看教練如何指導外甥女學習游泳，兩週之後，外甥女學會游泳，大姊心中也雀雀欲試的想下水一試，大姊夫還笑話說：「孩子們兩週學會，妳至少得花上一個月才學得會。」大姊才不信邪，由於多日來在旁觀看外甥女學習，並從旁一一記取教練指導，心領神會，所以一下水，應驗所看，很快的就學會了，而且還是游「抬頭蛙」式呢，那是特別費力的。我就是當時由大姊教會了游泳，也培養出游泳的興趣以至於今，且樂此不疲，它真是很好的全身運動，既可強身又可放鬆心情，身心兼顧的都運動到了，真慶幸當年有大姊的教導。

我坐月子期間都是由她來照顧居多，煮補品，吃的、喝的、幫baby洗澡……等等坐月子的瑣碎事情全一手包辦。有人說女生坐月子最重要，月子做得好將來身體就好了，這帖老祖宗的智慧良藥是不容輕忽的。坐月子期間多虧有大姊的悉心照顧，讓我身體健壯，大姊這份大恩大德讓我銘刻於心，永難忘懷。

大姊的歌聲還真不賴，「王昭君」是她拿手的歌，歌聲一發，就可見其功力了，她曾擔任過金湖琴韻合唱團的團長，當時可真風光，頗受金湖鎮的重視；她們也真有本事，不只四處募款、購買鋼琴，以為練唱之需，也製作團服，參加母親節、教孝月等諸多地方性活動的演出；偶而還聚餐聯絡情誼呢，她們開立了一戶郵局戶頭，由三人小組負責掌管，由於事隔多年，再不動、不領，可要成呆戶了，所以她們於九六年決議把錢領出，特別利用金門縣合唱團前來擎天廳舉辦「粽葉飄香慶端午」的音樂會活動時，亦即是端午節前夕舉辦餐會，並從合唱團照片中尋人，把團員們一一找來，以歌會友的邀宴金門縣合唱團，因為她們有感於金門縣合唱團的諸多優良事跡，且代表著金門站上世界舞台，為金門向世界發聲；也是英雄惜英雄的心情吧，所以大家歡聚一堂，格外開心，大姊自然是獻唱了一曲「王昭君」，那繞樑不絕於耳的歌聲，完全聽不出是生病的人所唱出的歌聲，最終博得大家熱烈的掌聲，那晚大姊是相當開心的，大家一起度過了一個美好的夜晚。

最近又借助於蔡西湖鎮長的睿智，找回失散多年的鋼琴，並將之贈與金門縣合唱團而傳為美談，也讓這琴充分發揮其功效，達到物盡其用，大姐就是這般的懂得安排，讓事事物物適得其所、盡善盡美，沒有遺憾。

十五年前也不知什麼原因，竟讓大姊突然的不良於行，是血管瘤壓迫到脊椎神經吧，幾乎有將近半年的時間無法坐著，遍尋兩岸三地之大小名醫，還動過幾次刀，仍然無法醫好大姊的病痛，如今以輪椅代步，所幸個性開朗，沒被打敗，依然樂天知命，相較於一般常人還樂觀呢。這段漫長的生病歲月，幸虧有大姊夫的悉心照顧，每天不間斷的按摩，協助做運動以及生活起居等，這份不離不棄、始終如一的情懷人間能有幾人？

俗話常說：久病床前無孝子。更何況僅只是夫妻情份而已，這份精神太難得了，哪裡是一般常人所能及啊！所以，我翁家兄弟姊妹對大姊（妹）夫是永遠的感恩！

大姐的兒女皆十分優秀、孝順、懂事，過年過節、重要日子（諸如：生日、母親節、父親節），即便是在台灣，或遠在國外也一定回家探望倆老，叫我好生羨慕！有兒女如此，夫復何求？如今準媳婦兒擁有金飯碗，任職銀行界；長公子服務於外商公司，擁有金頭腦，發明了具有聲、光效果的遙控坦克車，完成專利申請及小時候的夢想，憨厚正直不多言，有道是「外甥『像』母舅」。大千金、長女婿夫唱婦隨，自營房屋仲介，打理得有聲有色，頗具一番成績。二千金返金服務於料羅海關，除了照顧倆老，又利用晚上繼續進修金門技術學院，不僅發憤圖強，且名列前茅，讓人無比欣慰，學習永遠不嫌遲啊！只要跨出第一步，就帶來成功的契機了；二女婿服務於工程界，奔波於兩岸三地間。最小女兒與其乘龍快婿皆服務於電子界，擁有「電子新貴」的美名，令人稱羨。兒女的好歸宿，就是父母的一大福氣，和最大的安慰啊！我打從心底的替大姐感到驕傲與欣慰。

今年的母親節意義更是不同，兩對新婚夫婦聯袂返鄉同慶賀，家中一片喜氣洋洋，大姐更是樂不可支，笑得合不攏嘴呢。父母最大願望就是了卻兒女終身大事，如今心願已了，兒女們幸福美滿，無事一身輕，何其快樂啊！真的！一樁美滿婚姻勝過千萬財富。面對鶼鰈情深的大姊夫婦，讓人只限鴛鴦不羨仙，期盼大姊早日康復，更深信大姐的康復是指日可待的。虔誠的祝禱應可感動上蒼，願世間好人有好報，一片祥和、寧靜。

金門日報 二〇一〇年六月十二日

人生旅途

人生就像一場馬拉松賽，不到最後關頭，不能蓋棺論定。因而要如何揮灑，存乎一心。有人極盡所能，表現得淋漓盡致，可圈可點，不達目的、絕不罷休；有人以平常心看待一切、淡泊名利，志在參加，不在名次，只要能躬逢盛會，便是一大滿足了；更有些人逃避一切，凡事提不起勁兒，充當一名生命逃兵，任青春褪色、年華老去；更有些人……。因而人生旅途在在滿佈著形形色色、多采多姿的人生百態。

有人說：人生就是為了等待死亡，而在等死的過程中不要覺得太無聊，進而能發光發熱，盡情揮灑青春、舞出絢爛，活得有意義；也有人說：人生就是要時刻為無常做準備，隨時接受挑戰，迎接不可知的未來；更有人說：人生就是一場長期抗戰，有的戰果豐碩、有的貧瘠匱乏、有的不戰而逃，也有的是生命鬥士，奮戰到底。因而人生旅途在在充滿著未知的變數和無限的可能，所以一切全掌握在自己的手裡，各憑本事，各顯神通的呼風喚雨、旋轉乾坤、竭盡所能。

我何其幸運，生長在金門──戰地的最前線，不但歷經了八二三戰役的洗禮，也見證了奇蹟，並締造那光輝燦爛的史頁。回憶當時年紀小，不知戰爭為何物，不知擔心，更不懂得害怕，但倒是懂得拎著隨身小包袱，跟隨大夥兒登上政府安排的大卡車，準備撤退台灣後方，做背水一戰。當時這三位小小的閃亮姐妹花卻在母親的叫喚下匆忙下了大卡車，因家中尚有行動不便的祖母有待照顧，不得遠行，而老一輩的心中永遠眷戀著生於斯、長於斯的這片土地，因而，我們選擇留下，也因為有份炙熱的愛，讓我們願意死守家園、固守前線，為金門而戰，奮戰到底，進而創下那光輝燦爛的八二三史頁。否則，這三位閃亮姐妹花早已流浪到淡水，那肯定要比金門王更早發跡，紅透半邊天，歷史可能因而改寫囉！所以危機即是轉機，轉機即是契機，能掌握契機就等於掌握住成功的先機了。

金門是個純樸、寧靜的農村小鎮，好山好水好所在（閩南語），但卻是一般人心目中鳥不生蛋的地方，在當時，年輕人當兵若是抽到「金馬獎」，那可是痛心疾首、萬劫不復的下下籤，但是我們卻是生於斯、長於斯、熱愛這塊土地、與世無爭的善良純樸百姓，務農維生，因而農村子弟各個是生產線上的尖兵，農村生活忙碌繁瑣，每天有忙不完的活兒，需要眾多人手，正應驗了古人說的：多子多孫多福氣；因為人多好種田啊！種田使得我雙手結繭、皮膚黝黑，隨著季節的更替──春耕、夏種、秋收、冬藏，不但充實了我的生活，也增廣了我們的領域。辛勤耕耘後，我們期待甜美的豐收，有期待就有希望，也因而讓我們深深體會「一分耕耘一分收穫」，天下絕沒有不勞而獲的事情。也唯有吃得苦中苦，方為人上人啊！也許就因為如此，於民國五十五年當選金寧國中優秀青年，讓我引為殊榮，視為一大鼓舞。

國中畢業面臨人生第一次的抉擇，由於家境清寒，父親希望我學得一技之長，作就業的準備，以貼補家計，而當時的時代背景還停留在「女子無才便是德」的觀念之下，女孩子受教育往往會遭受到鄰人的恥笑，因而我的命運第一次面臨挑戰，所幸這一年二姐正好從護校畢業，可以提供我高中的學費，讓我得以繼續升學，開闢人生另一旅程，危機即是轉機啊。高中畢業，選擇了特別師範科，擔任國小教師，作育英才，讓父親稍能「以女為榮」，終不負所託。之後，沒想到我還繼續升讀師大，真是一大奇蹟，不可思議啊！這一路走來跌跌撞撞，雖然滿是荊棘，崎嶇難行，但在在都讓我應運的化解了每一次的危機，走上康莊大道。我是幸運的寵兒，因而我心中除了感恩還是感恩，更深信命運絕對是掌握在自己的手裡，端看你如何去看待、運作罷了。

人生旅途有甘有苦，全在你的心靈詮釋，「呷苦當做呷補」大有人在啊！我熱愛運動，也勇於嘗試新鮮事物，記得生平第一次參加金門教師盃桌球錦標賽，也許是水準不高吧，竟讓我這初學者抱回個人冠軍獎盃及團體亞軍獎盃，而被喻為「黑馬」，這匹黑馬連我都感訝異！我也嘗試過單車之旅，但初次嘗試竟讓我半途而返，想不到多年之後，在外子的鼓舞下，我竟然實踐了環島一圈的美夢，從金城出發至金沙，至金湖再回金城，大約三十五、六公里路程，費時九十分鐘完成，成績不重要，這精神值得嘉許啊！後來身體力行，有一陣子還騎車上班呢，金城、山外間相距約十三、四公里，還真的不得不佩服自己這份能耐和勇氣呢！

跑步亦是我的運動項目之一，雖然跑不快，但我是志在運動，不在快慢，只要能達到運動效果的，我都可以接受，且樂於嘗試。我曾於中山林內跑步，由於景色宜人、空氣新鮮，讓我感到跑步真是人生一大享受呢！跑步是容易上癮的，一旦不跑便覺得有點不對勁兒，渾身上下不舒服呢！我也常在運動場上跑，最高紀錄能跑上二十圈。記得坐完月子時，太湖一圈跑不完，想不到年歲增長還能創下這難以置信的佳績來，這不就叫做「老當益壯」嗎？叫人直呼：不可思議啊！人生旅途在在顯現出無限的可能和嶄新的契機，讓我信心滿滿並鼓起「挑戰不可能」的勇氣來，真的，帶著勇氣踏上人生旅途，即便是荊棘滿地，我們也能一一克服，逢凶化吉、否極泰來而漸至佳境。

最近金酒公司舉辦的全國自由車錦標賽（五月四日於金門舉行），著實令我躍躍欲試，雖然我不是選手級的參賽者，但我具有運動家的精神——勝不驕、敗不餒，志在參加，不在乎名次。若有分齡賽，那我可能就有勝算的把握，只可惜女子組沒有分齡賽。我想：參加之後，有個目標在那兒，猶如暮鼓晨鐘一般，時刻砥礪著我，不但可藉機督促自己加倍練習，還可鍛鍊強健體魄並激發出那股運動家的鬥志和毅力來。因為人生就是一種挑戰，能勇於接受挑戰，才有成功的希望。所以一定要把握每一次試煉的機會，以求成功的勝算。機會是不敲第二次門的，機會也是為做好準備的人而留的，好好珍惜現在、把握未來，成功就屬於你了。

由於沒有參加過自由車比賽的經驗，因而此次的比賽帶來慘痛的教訓，也帶來諸多經驗和歷練，心想：以我的能力要完成此一賽程最少要兩、三個小時的時間，若中途要上廁所如何是好，因而滴水不沾，又運動前不敢吃東西，只吃了一把葡萄乾而已，所以此一賽程我是在炎熱的大太陽底下，又飢又渴的完成挑戰，我強忍著饑渴交迫，抱著我一定要騎完的拼命三郎心態，最終，我的意志力讓我克服了一切、戰勝了一切，我真的是發自內心的佩服我自己，完成了此項「不可能的任務」，難能可貴的是：幸運之神的降臨，讓我僥倖得到「金酒杯全國自由車錦標賽」女子組的第二名，不但如此，好運總是接二連三的，我竟然還摸到大獎——一輛腳踏車，真是有夠幸運了。我的汗水沒有白流，我的努力得到了肯定。

除了運動，我也蠻愛唱歌的，但總有太多顧忌，問題就出在太在意別人的想法：好像唱好是應該的，唱不好則丟人現眼似的。也許隨著年歲的增長，想法也隨之改變，臉皮變厚，豁出去了！所以金門縣合唱團二〇〇七歲末音樂會時，我也突破往昔的閉鎖作風，準備了兩首曲子：「故鄉　我的故鄉」以及「送友人」上台獻唱。要跨出這道鴻溝十分不容易，所幸有林桃英老師的鼓勵與讚許，讓我勇敢地跨出這一大步。接下來就有待我本身的認真練唱了，所以我做了萬全的準備，爬山、跑步、游泳以增進我的肺活量，並把握每一次可訓練膽量的機會，雖然年歲漸長，但膽量卻沒隨之壯大，因而仍需不斷的磨練。

例如假日的登山，我一定站在至高點練練嗓音，山腳下的豆腐山（我女兒小時候為山腳下四四方方的田地所取的名字），便是我最忠實的觀眾；跑完步或太湖健走歸來，我也一定要哼唱一番；好友面前我也不錯過，讓她們試聽一下，並聽取她們給予的建言；特別是面對太湖的教室走廊上，那是我練唱的好地方，整個太湖是我的自然觀眾，我要把聲音練到傳遍整個太湖，學生都笑我，老遠就聽到妳的歌聲了，我開心的對他們說：你們瞧！連太湖的野鴨（小鸊鷉）都跑來聽我唱歌了，他們還不信呢，仔細一看，真的是也，一點也不虛假，五、六隻小鸊鷉正悠哉游哉的在水裡快樂的覓食，同時享受這免付費的「天籟之音」，如此不也稱得上人間一樂嗎！

機會就是留給有準備的人，由於我的用心，所以能有不錯的表現，有了第一次，就讓我想嘗試第二次、第三次……，真的，要把握機會、善用機會，機會是不敲第二次門的。從種種的嘗試中讓我感受到：突破是種快樂，它帶來全新的我，也帶來新的契機，新的喜悅。人生就是要勇於去嘗試不同的事物，讓生活多采多姿、魅力四射，夢想多大，舞台就有多大！

至於寫文章，是這半年來的事兒，心中好羨慕能「舞文弄墨」的人哦！欣賞那滿腹文思、下筆如有神的魅力才華，但只怪自己文思枯竭，擠不出半丁點墨水來。平時我會玩玩電腦撲克牌遊戲，讓腦力激盪一下，以防「老人失智症」提前到來，但總覺得我是在浪費時間，徒任光陰虛度，太對不起自己了。因而我家三哥當選「好人好事」代表之後，特為文道賀，以示祝福之意，沒想到竟得以如願以償，文章一旦榮獲「刊登」，便似打了一劑強心針似的，帶來鼓舞和振奮，讓我有勇氣接二連三的寫作下去，且樂此不疲、欲罷不能。真的，沒想到人生至此還出現大逆轉，真是無心插柳柳成蔭，讓我以此為榮、以此為樂啊！感謝上帝又為我開啟了另一扇窗，而窗外藍天白雲相互輝映，抬頭遠眺，晴空萬里，一片欣欣向榮。

人生真的是滿佈著未可知的變數，我是小心翼翼，如臨深淵、如履薄冰，希望藉寫作來磨練我的心志，砥礪我的筆端，也希望我能稍稍有點影響力，傳承千古大業，那該是件多麼賞心悅目的事啊！那亦是我的另一人生美夢，和想要達成的人生目標，衷心的期待能有那麼一天。

人生至此，雖然經歷過無數的人生轉折，但並非世事盡如人意，所以心中依然潛藏著無數參不透的事事物物，要想參透人生哲理還真不是件容易的事啊！那亦是我下一個想追求的人生方向：看淡一切、放下一切，凡是以平常心看待，順其自然，不強求。苟能如此，則四大皆空，達到一個超然、完美、無我的境界。

我從何處來，將回何處去。這一路走來發現：凡是不必計較太多，快樂就在於感恩的多，計較的少，多少人汲汲於名利，但到頭來仍是一場空，因而深感人世間還是要知福、惜福、再造福，讓福滿人間，處處有溫情。深信：心有多大，舞台就有多大。拿出鬥志來吧！讓我們滿懷信心的一起努力，奔向未來的人生旅程，讓明天更溫馨、更美好！

金門日報 二〇一二年一月二十九日

與佛結緣

也許前世與佛結緣，所以今世方能再續前緣。

早在八十年代裡，因姪兒的引見而接觸了佛教中的密宗，並皈依尊貴的貝諾法王，當時，由於人間俗事、雜務纏身，總是紛紛擾擾，占滿思維，不論身心皆感疲累，所以沒能深入去瞭解、探索，只知道處於古時候的宮廷社會裡，密宗是屬於祕密傳法，不是人人享有機會得以接觸、實修的，因而，有緣得以接觸、皈依，深感無上的榮耀。雖然至今依然懵懵懂懂，但我還是深深以為：這真是一門極為殊勝的法門、修行的法寶，亦是修成正果的捷徑。

當年戰地政務所管轄下的金門，若非本地人，想來金門一遊並不是一件容易的事，所以為了恭迎貝諾法王的到來，可是大費周章啊！有緣就是有緣，我們趕緊成立了金門藏密佛學會，再藉由藏密佛學會向地方政府申請而取得蒞金弘法的管道，即便是晚貝諾法王幾年蒞金弘法的宗南嘉楚仁波切亦是透過此一管道方能順利成行。也許，正如老一輩的說法：金門是佛地。所以各教各派皆能於此宣揚教化，為鄉親祈福！

金門藏密佛學會的會址設於金門縣金寧鄉下保東四十八號，這應是金門藏密佛學最早起源之處所，於此辦過無數次法會，歷任會長翁文獅、翁章成、歐陽素珍、翁子喻……，無不是出錢出力，集合全體會員，竭盡心力來辦好每一場法會，除了為眾生消災、祈福…，並作延壽放生、超度亡靈的法事……，更祈求國運昌隆、風調雨順、家戶平安，為地方帶來好彩頭。為此，大哥翁文獅還特地捐出一塊地作為興建「光明寺」之用地，此善舉如同造橋、鋪路般的叫人欽佩啊！

記得小時候常跟隨著母親四處拜拜，還好母親並非十分沉迷於任何教派，只是「入鄉隨俗」罷了，印象深刻的是四月十二迎城隍，母親帶著我跟隨在城隍爺的鑾駕之後「隨香」遊行，這一大隊人馬非同小可，前胸貼後背的人擠人，人潮之多，讓小小心靈嘆為觀止，再加上小小年紀、個兒又不高，擠在人群裡飽受他人所持香火灼傷之痛和滴到香灰之苦，但這份虔誠膜拜的心怎能叫屈啊！所以心中飽含著痛苦，不敢有任何怨言的走完全程，因為擔心這一抱怨就得不到城隍爺的庇佑了。

平時家中逢年過節的祭拜祖先、「敬天公」、各個寺廟的禮佛拜拜、初二、十六的「犒軍」、祭拜地基主、中元普渡……等等大、小拜拜事宜，我們都成了母親的最佳得力助手，所以在耳濡目染之下，總是很容易的接受這一切，「拿香跟拜」的以為凡此種種皆為禮佛之儀軌，雖不甚瞭解，但還能接受，所以家中的祭拜自然而然的照單全收，也就一代傳過一代的傳承下來了。國中畢業時，為了祈求考試順利，還天真的和同學一起去買了些供品，前往鄰近的寺廟，如古寧頭南山的仙姑廟、愛國將軍，以及頂堡東的軍力速勝公……等處虔誠的祭拜一番，為的就是求得心靈的慰藉與平安，當然更重要的就是祈求考試順利。想當年，我們小小年紀就懂得與神對話、祈求神明的保佑了，真是人小鬼大、有點兒不可思議呢！

通常，人都是在不順、無助的當下才想祈求心中所仰賴的神明之保佑，甚而不管何方神聖，只要能保佑我們的、為我們消災解厄的都是了不起的神祇，正如同鄧小平名言：「不管白貓、黑貓，逮住老鼠就是好貓。」所以，以此類推，凡能保佑我們的都是名神正佛，我們都願意為祂頂禮膜拜，因為我們總是深信：「有燒香、有保庇」、心誠則靈、佛在我心，所以，我也曾十分精進的修習過一陣子，但是，畢竟我還是凡人，我跟常人一樣的犯下了怠惰的習性，這一荒廢就是幾個寒暑，所以，對於那些日日精進於佛法之鑽研的佛門子弟，我是深感佩服而思效法之。

每當面對花蓮陳師兄的積極鼓勵，我就深感愧疚，他總是勉勵我說：人生無常，要趕快修啊！今生不修待何世？他是真有心想要渡化我，也常說：我們有這麼好的上師帶領我們，這是我們的福報啊！所以，在陳師兄積極的鼓勵之下，我曾擁有屬於自己修煉的一個小小佛堂，每天做大禮拜、誦經、持咒，一天中有過不間斷地持續做了五百多下之多的大禮拜，創下我個人最高紀錄，現在想來，能如此還真是不簡單啊！不得不佩服自己的這一份能耐，也許，當年年輕、體力佳；也曾早晚精進的修習「綠度母」法本，再配合法本上該做的一些手勢，如：水、水、花、香、燈、塗、果等，加上調息及盤腿之姿的靜坐、觀想……，有模有樣的，似有所得，的確帶給我一段既充實又精進的佛法世界之精神領域。但，一山還有一山高，我依然在門外興歎。

女兒於巴黎罹患急性闌尾炎復引發腹膜炎，令我心急如焚、焦慮難安，當時匆忙成行，遠赴巴黎就近照顧，隨身行李就是金剛經及藥師經法本，加上一串一百零八顆佛珠，巴黎期間我早晚誦經、持「綠度母」心咒為女兒祈福，祈求身體康復、琴藝精進、考試順利，有道是心誠則靈，為此，我是深信不疑的；公公往生之後，聽精進的前輩師兄開示，與大嫂合力於四十九天之內早晚為公公誦完一百遍金剛經，如今依然持續地早晚上香、敬茶、誦經；緊接著，又著手為家人一一抄寫壽生經，為其消災、祈福、解厄，祈求帶來健康與平安。

這一段抄經、誦經的日子，深感時間不敷使用，雖然如此，我依然不捨晝夜、盡全力為之，即便是我心愛的開心農場也只得擱置在那裡，任其荒廢，只因自己能力有限，無法帶給家人滿滿的幸福與快樂，所以，希望藉著佛法的力量為家人及自己改變一切，並祈求帶來平安、順遂，以及心靈的平靜，因而，即便是抄得手臂痠疼（為此還貼上痠痛貼布呢，因為抄寫一本壽生經正常速度得花九小時方能完成，我夜以繼日不停的抄寫，任何可資利用的空檔時間我都善加利用，再說：我並非一般人所認為的退休了閒閒沒事做啊！所以，對於我能獨力完成三十九本壽生經，深感佩服，這實在是不容易啊！親友也幫忙完成了三本，如今還有十一本尚待完成。）我依然甘之如飴，因為有希望就有期待，有期待就能無怨無悔、願意盡力去付出啊！這一段除了吃飯、睡覺就都是抄經、讀經的日子，也確實帶給我心靈無比的平靜，讓我看開許多、看淡許多，也成長許多。真的，人生無常，何需汲汲營營、迷思於名利的追求啊！雖然我的修行短淺，還有極大的進步空間，等待我去努力與突破，但，我深信：只要不懈怠，還是大有可為。雖然，離頓悟仍然大有距離、離佛門境界也依然遙不可及，但，只要有心，只要不洩氣，今世不成待來世，生生世世，鍥而不捨，累世修行，相信終有成佛的一天！

說真的，一人的力量永遠及不上眾人之力，所以共修成效大，若能集大家之力量，成就偉大之願力，那是何等的殊勝啊！所以，我也曾前往金沙佛學中心參與共修、靜坐……等課程，分享佛法範疇裡的心得感受；也曾試圖於金門藏密佛學會會址建立共修體制，許是機緣尚未成熟，又欠缺慧根，以致於諸多阻撓，多有不順之處，未能一一克服，所以，禮佛、學佛還真得靠堅強的毅力來排除萬難不可啊！

我以為：學佛應是求得心靈的適得其所，凡事不必過於強求；而人生無常，要好好把握當下，若能破除無明，消除我執，戒除貪、嗔、癡，看空一切才是真智慧。真的，一切無不都是在尋求安撫、平順這顆躁動的「心」，心之為用大矣！因而，心安才能平安！繼而再想想自己這一生還真是與佛有緣啊！然而，雖然有這麼多的機緣接觸佛法，而我竟沒有好好把握，依然是入寶山而一無所得，進佛門也一無所成，竟是這般渾渾噩噩地過了大半生，為此深感汗顏，畢竟自己不過是凡人中的凡人罷了，所以，只得歸咎於自身的努力不夠，今後，除了自身繼續努力之外，還得靜待佛緣成熟，一旦佛緣成熟，相信不成佛也難。

過去世不可得、未來世不可知，唯有今世是我們所可以掌控的，又在有限的時間內追求無窮的希望，所以務必要有所取捨，好好抓緊時間，把握修行的機緣，以免時不我與，虛度此生空惆悵啊！設若此生無望，深信尚有來生，如此生生世世，必有到達彼岸的一天。

金門日報　二〇一一年五月十日

歡樂一夏

當孩子們一個個長大，羽毛漸豐，翅膀長硬，足以振翅高飛、遠颺翱翔的時候，也就是為人父母稍稍得以歇息的時候。雖然減少了體能上的勞累，卻還是帶來精神上的諸多負擔，因為一日為人父母，就像孫悟空帶上了金箍咒一般，永遠難逃如來佛的手掌心了。

漫漫暑假是空巢期父母衷心期待的假期，期待那一隻隻的倦鳥歸巢，得以在父母的庇護下好好的休養生息一番，在父母的大臂彎裡，甜蜜的享受著家的溫暖，讓母親的拿手絕活來填滿、飽足那一顆顆久未安撫的味蕾；也讓父、母親的觀念與子女的思維得以取得水乳交融的平台，讓智慧昇華，凝聚成和諧、完美的共識，世上還有什麼比得過親情的呼喚和家鄉味的誘惑呢！

再說：炎炎夏日，如烤箱般的廚房並非人人待得下去的處所，但是，只要孩子們提出想吃的菜餚，即便是熱油鍋般的廚房，我依然願意大展手藝，欣然前往，哪怕是汗流浹背一身濕，也算不得什麼了！所以暑假裡晨起的第一件功課是晨泳，接著買菜，做飯，竭盡所能的絞盡腦汁，在菜色上求變化、求創新，以迎合孩子們的喜好，只要能盤盤都盤底朝天，便是我最大的成就與欣慰，而能作一位稱職的全職媽媽，就是我至高無上的榮耀。

而買紅蟳，煮紅蟳，剝紅蟳可就是外子的拿手本事了，由於家住后沙，靠海邊，從小吃魚長大的關係，所以特別擅長於剝紅蟳。有一回兒子這麼說：光是這道紅蟳就可以讓我配上兩碗飯了。為人父母聞之能不窩心？能不拚了老命來達成此一心願？只為閃過心靈的那一刻感動，和片刻的滿足。難怪外子只要上市場，一發現紅蟳蹤跡，必定將之買回，煮熟、剝殼取肉，打包冷凍，有機會再送往台灣，一飽孩子們口福，雖然過程十分麻煩、費事，但他卻是樂此不疲，因為從孩子們滿足的神韻中讓他感受到為人父的萬般喜悅。

在民以食為天的先決條件下，當然把「美食」擺第一，但美食過後又擔心體重上升，所以除了加餐食之外，還得讓平穩的體重不動如山，別讓接踵而至的困擾造成另一項負擔，因而戶外健身就是假期裡最重要、最開懷的一件大事了。您瞧！這對寶貝父母二人組是不是絕配有加啊，真是舉世無雙、無可匹敵，他們總是無所不用其極的相互較勁兒，一心一意想求得兒女的青睞與歡心，看誰獲得的青睞較多，當今的「孝子」真是難為啊！

為人父母沒有兩三把刷子是不行的，所以，我將自身學得的游泳技能，當起孩子們的教練。教會孩子們游泳成為夏季裡的一大樂事，全家人能如魚兒般地悠游於水中何其快活！一旦躍入水中，必然暑氣全消，賽過神仙，帶來「歡樂一夏」。加之有伴學習，效果倍增，一則學習路上不寂寞，再則相互切磋，自然進步神速。說真的，能有餘暇陪著三個小孩一起學習，一起成長，真是幸福啊！我將它視為人間的快樂天堂，所以，我愛夏天不是沒有道理的。尤其是在充滿活力的氛圍之下，自然地散發出蓬勃的朝氣，瞧那燦爛的臉蛋、爽朗的笑聲和那暢快淋漓的汗水，它代表著的是健康與活力，歡樂與希望。

偶而我們也騎上鐵馬四處馳騁，除了健身、賞景，還可競速、飆技，總覺它是件比較不會有運動傷害的運動而更樂意為之。孩子們一定十分納悶，這倆老不但活力十足，還精神百倍呢，真是鶴髮紅顏、老當益壯。只可惜孩子們似乎並不熱衷此道，否則一家五口一起飆速、奔馳，又是人間一樂！然而，現代聰明的父母，只有順應孩子們的意願，畢竟鐘鼎山林，各有天性，不可強求呀！

我們也常常於料羅海邊靜坐，直至萬家燈火照亮蒼穹；或光著腳丫，沙灘漫步、戲水，任細沙一一從腳趾尖流竄開來，真不啻是一種心靈上的享受；或打開話匣子，天南地北、無所顧忌地盡情暢談、傾訴心中願望，此時此刻應是心靈深處最真實的對白，且讓心靈之間的對話、交流成為天籟；或觀賞晚霞滿天的奇景，和那瞬間變化多端的雲彩，任心情隨之雀躍、飛舞與讚嘆；再靜聽倦鳥歸巢，嘰嘰喳喳、啁啾不已，好像訴說著：回家的感覺真好！再看遠處商船、漁船點綴海面，不但活絡了孤島風華，亦帶來商機無限和晚霞滿漁船的喜悅，讓人不再孤寂；或乘著車四處兜風，任徐徐和風吹我亂髮，盡情享受著輕柔和風吹拂在臉上的舒暢；或敞開胸襟，隨風送走心中煩憂，難怪孩子們樂此不疲，只想乘車兜風。的確，人間繁雜俗事還有啥比得過這親情的聚合與交融？

難得的歡樂假期，難得的家人團聚，讓我深深感受到片刻即是永恆，愛要及時，才不會留下遺憾。

馬祖日報　二〇一〇年十一月十八日

我的開心農場

學習如果像遊戲，那將是一件多麼開心的事啊！教者得心應手、稱心如意，學者開心投入、如在春風，我想：睡夢中都會囈語不斷，甚而半夜裡都會自動自發的爬起來練習呢。

之前如火如荼、受到普羅大眾熱烈喜愛的「facebook——開心農場」，就是一個很好的例子。對電腦一向不很靈光的我，似乎無暇也無意去接觸這一類的、在我來說算是奢侈的娛樂吧，竟也一頭栽進去趕時髦呢。

如今，好像是不懂電腦就無從去瞭解e世代新新人類的心靈世界，也好像和e世代脫了節似的，誰說親子之間不會有代溝？這可是條大大的鴻溝啊！雖然從PE2時代我就已涉獵到電腦，但不常使用之故，也就全還回去了，所以常言道：「熟能生巧」，孔夫子也說：「溫故而知新」，都有其道理在啊！再說，在農村長大，務農維生的農家子弟如我，早已望田生畏，卻能一頭熱的在「開心農場」裡樂此不疲，甚而設定鬧鐘起來耕耘、採收，由此可見其魅力啊！二姐總是笑話我：閒閒沒事，就到「金砥園」實地耕種吧！種些菜來分享大家比較實際。但不入其門，焉得其樂？門外人是很難了解其中的樂趣啊！

近日裡也從報章雜誌分享了教官、學生……之間為了享受偷菜的樂趣而起個大早的有趣事件，當時實在難以想像是何等魅力而有以致焉，而今，方有所悟，我總是後知後覺，跟不上時代潮流。因為學生正處於成長階段，需要充足的睡眠，晚睡是「正常」，若要他們起早可就不容易了。教官為了讓他們早起，也洞悉一般人的心裡——在禮教的約束下，偶爾也會有想要踰越束縛、踩踩「紅線」的微妙心態——所以故意製造「偷菜」的機會，讓學生落入「陷阱」而不自知，教官此招真是高明啊！而學生為此而早起，就可以想像其間的魅力指數有多高了。既已早起，上學就不會遲到，教官目的達成，學生也偷到菜，這可是皆大歡喜啊！所以，學習路上若能掌握住學習意願與動機，相信那就是攻無不克的最高學習寶典了，開心農場擁有全球數以萬計的人耕耘，其人氣指數有多旺就不難想像了。

說起這段facebook上的因緣，全屬我是無意間在facebook註了冊，順理成章的成了開心農場的農友，但下一步該如何進入農場去耕耘、除蟲、除草、收穫、偷竊……，就全然不知了。又不知向誰問去，即便是問了，回到家亦全無概念了，這一拖又是數月，直到有一天在大姐家發現外甥女正在線上，趕緊向她請教，記下步驟，回家之後方能有所突破，順利進入農場。

之後，女兒在線上問我，怎會有facebook，十分訝異我這LKK竟有如此先進的作為。之前知悉我會傳簡訊，收取簡訊，還對我讚譽有加呢，這回看我立足於開心農場，難怪要佩服了，因為她同學的媽媽有些還不會傳簡訊，相較之下，我算高明許多，跟得上時代。好不容易逮到可以自我吹噓的機會，我趕快告訴她說：「妳媽不但會傳簡訊，還會使用手機上的行事曆（備忘錄）呢！時間一到，手機自然會提醒我該做啥事，不怕忘東忘西了，妳看，我多會物盡其用啊！」這下更讓女兒嘖嘖稱奇了，她連連稱說：「媽真厲害哦！」

後來，有一些她同學的媽媽也加入我的「朋友行列」，由於網路世界太複雜，起初不敢貿然接受，知悉原委之後，方敞開心房接納她們。她們可就高段了，不但級數高、農地多，產量自然也大，反倒成了我可資偷竊的對象。

我在開心農場不但獲得不少樂趣，也得到不少啟發。大多數人在現實環境中多少會受到諸般的不平與委屈，唯有在虛擬世界裡可以得到短暫的紓解與滿足，這未嘗不是一種很好的補償方法？稍稍平衡一下壓抑的情緒，難怪它會如此受眾人青睞。經營開心農場，每天要記住幾點幾分準時去收成、餵食、甚而偷竊等，否則機會稍縱即逝，這對小朋友在時間的認識與計算上，倒是挺有幫助的，而且學會如何把握機會，達到實質上的滿足，還能有一份成就感呢。

從虛擬世界裡去體驗生活，其實也是一個不錯的方法，例如，若能從小就在虛擬銀行裡學會理財，更是一本萬利。我們從小就欠缺理財觀念與經濟頭腦，長大再來學習，常會有損失慘重之嘆，倒不如及早獲得這方面的知識，所以，個人極力認為「理財」觀念有必要安排在正規的必修課程裡頭。

當你進入到朋友的農場，若發現有乾涸、雜草、害蟲等現象，你一定會發自內心的為其澆水、除草、除蟲，這些作為除了讓我們享受「助人為快樂之本」外，又可以累積自己在遊戲中的經驗值，以提昇級數，助人又利己啊！因為這些都是增購農地的必備條件，無形中的學習一一在遊戲中展現，而不是踩在別人的肩膀往上爬。現今社會是整體性的，唯有互助合作，相容且相成，方能互蒙其利，更上一層樓。

再說：該如何生產、如何擴地、時間上的排序……，都是一門大學問啊！ 國父在三民主義裡曾說道：「有土斯有財」。真是至理名言啊！現有土地有限，除非填海為地，否則，只有買賣取得了，所以，在開心農場裡，有些人雖然只有六塊地，依然創造出可觀的財富，但若能擴地為先，相信其財富更能加倍成長。這其中還真是包括了經濟、數學、人際互動……等學問，可說得上是一門了不起的綜合學科，但怕只怕的是一頭栽進而難以自拔，不是玩遊戲，而是被遊戲玩了，那就很難想像其後果了，若能以超然的態度處之，從至高點來看事情則善矣！

當然，其中的偷竊行為並非善舉，人不能因此就得以坐享其成，坐擁財富，畢竟再怎麼偷，亦屬有限，唯有親自栽種，才能大量收成，享受豐收的喜悅；再說，由於是好友所擁有，所以應算是一種「分享」較為恰當吧！正如同「善意的謊言」，是可以接受的。況且，「偷竊」也不見得可以穩操勝算、如願以償，因為有些主人會養狗來看守農地，不小心被盯上可要損失金幣的，得不償失，但也有僥倖成功的。此種心理就如常言所道的那種「妻不如妾，妾不如偷，偷不如偷不著。」的那種微妙心態吧！這就是人性。當然，這個比喻也許不恰當，但，那種心理應該是相通（相同）的。

農場主人的經營風格有數百種，有些人屬於君子風度，大量種植，免費奉送，就怕你不偷；有些人任你佈下天羅地網也偷不著，整個農場作息調配得宜，時間一到，馬上採收，讓你無從下手，唯有望之興嘆、下回請早的慨嘆了；另有些人實在高段，設計好「外掛程式」，時間一到，自動採收，毫不費吹灰之力，這過於坐享其成，太缺少親臨其境，和努力換來的成就感了，我比較不欣賞。我認為：辛勤耕耘之後的喜悅豐收才是王道，方能擁有那份難以言喻的「一分耕耘，一分收穫」的樂趣啊！

大家可別小看這小小的農場，它可反應了一個互助合作的社會現象啊！它讓五穀不分、四肢不勤的人們能藉著遊戲而對農村生活有所認識與瞭解；而閒閒沒事的人藉此增進並活絡人際關係，跟隨時代的脈絡前進；家長們也能進入孩子們的天地，瞭解孩子們的狀況，總之，它並不是「百無一是」的遊戲。近日裡孩子的MSN出問題，聯絡不得，我卻從「開心農場」知悉她前來我的農場幫忙，送我禮物……等等，讓我放心不少；而親子間也多了可資聊天、討論的話題，減少隔閡，豈不快哉！

凡事總有一體之兩面，完全看你如何去面對，正如水可載舟，亦可覆舟，如何順應時代潮流，走對的路，把握人生的正確方向，才是最重要。但，偶而稍稍放鬆一下又何妨？相信放鬆過後會有更大的突破，只是某些人肯定會認為我還搞不清人生的大方向哩，說的也是，畢竟人生豈僅僅是「facebook」而已啊！

金門日報　二〇一〇年五月十五日

貓狗一家親

幾乎所有小朋友都喜歡養寵物，而每一位小朋友都是父母心中的寶貝，所以自然而然的，父母都是「如你所願」的讓孩子們養起寵物來，真是幸福無比！和我們的童年相較，真有天壤之別，毫不為過；我們家小朋友亦然。

放眼台北街頭，一隻隻寵物爭奇鬥豔，牠們的主人把祂們帶往美容院，打扮得花枝招展，頭上還插上一些小飾品，穿著華服，讓人自嘆弗如，甚而上才藝班，接受著「不打、不罵、不威脅」的愛的教育，時時呵護，無微不至；安排上電視作秀，大放異彩；往生之後，為牠傷心、難過，為牠超度，設置靈骨塔，並早晚誦經、上香、禮拜，搞不懂這是什麼樣的文明、什麼樣的世界了，簡直是雞犬升天。相對的有些人卻交不出營養午餐錢、有些人淪為街頭遊民、有些人……，多強烈的對比啊！讓人慨歎人不如狗。

記得有一回外子從台灣出差歸來，為了滿足孩子們的心願，特別帶回一對金絲雀，煞是可愛，著實讓孩子們雀躍萬分、欣喜若狂。不知是我們不諳鳥性，還是何種因素使然，有一天，其中一隻竟然羽毛脫落滿地而身亡，隔天另一隻也隨之而去，此情此景震懾我心，難過不已！從此不希望小朋友再養寵物，免得小小心靈受傷害而落寞多時。

外子還是不忘要討好小朋友，有一回又從小金門帶回一對小白兔，長長的耳朵，白絨絨的毛，配上那對紅眼睛，的確可愛至極，很得小朋友歡心，孩子們總是不由自主的去摸摸牠柔軟的身軀，和那一身白絨絨的毛。但過不了多久，依然是離奇死亡，全家人為之哀悼！因而更堅定了我的決心：從此不希望再養寵物，免得徒增傷感！

後來為了讓孩子們上學方便，舉家客居金城，竟發現租屋旁有一群野貓，但唯獨其中一隻老貓是充滿靈性、十分可人的，由於牠的善解人意，時常向我們示好，以至於漸漸的博得全家的青睞，建立了「非比尋常」的友誼。每當我抵達家門口前，牠一定早在那裡恭候多時了，除非牠生病，否則絕不缺席，還真有時間概念呢！接下來就是表演牠的招牌動作，在地上伸展身軀，千變萬化，竭盡所能的表現，或跟前跟後，隨侍左右，片刻不離，甚而拱起小蠻腰，以博取青睞，還有那高難度的地板動作……等，不一而足。有時候在你身上磨蹭個不停，剛開始好不習慣，久而久之也就習以為常了。當你要踏進家門時，牠肯定是搶在你前頭，為了不讓牠進家門，常閃避不及，又擔心踩到牠，而牠卻是絲毫不害怕也不肯退讓，所以幾次都讓牠得逞。有一回牠的頭竟卡在紗門上，進退兩難，由於不忍心，只好讓牠進去了，一進門，牠煞有介事似的，大搖大擺，像劉姥姥進大觀園一般，東瞧瞧，西看看，如入無人之境，全然不害怕。後來，好不容易用盡心思才將牠引出家門，真是「請神容易，送神難啊」！

有了老貓，家中的剩飯、剩菜便有了著落，但老貓還真挑剔，牠偏愛吃那炸得香香酥酥的雞脖子，因此每週都得買個二、三次的雞脖子來「孝敬」牠，這是外子最樂意且自動自發去辦的一件事。有了老貓，家中樂趣多了一樁，逗貓、整貓，玩得不亦樂乎，各個笑逐顏開，笑彎了腰、笑疼了肚子；大家的話題總是圍繞著老貓轉，談個幾天幾夜都不嫌累，連我都要「吃味」了呢！此時，老貓已儼然是家中的一份子，從此被尊為上賓了，真是喧賓奪主，莫此為甚啊！

不久，隔壁鄰居養了一隻「臺灣土狗」，看那烏黑亮麗的毛髮，就知其品種不凡，喜愛小動物的我們，自然和這隻「臺灣土狗」——Dollar建立了珍貴的友誼，牠成為我們家的好朋友。久而久之Dollar熟悉我們家每一個成員，只要有陌生人來訪，Dollar肯定大吼不休，嚇得一些訪客不敢登門拜訪，必須先行通知，由我們出去迎接。但牠就有這等本事，看家本領一級棒，熟悉我們這三戶人家每一個人的腳步聲，偶因辨聲有誤而向我們叫吠時，只要喊牠一聲「Dollar」，讓牠再次的分辨一下，牠馬上停止叫吠，可見其聽力是超靈敏的，不是蓋的，真是忠狗一隻！

與靈貓、忠狗比鄰而居，鮮事不斷，有時牠們為了爭寵而吵鬧不休：Dollar一看見我們回家，尾巴搖個不停，盡是往身上亂嗅一通，老貓亦不甘示弱，在你腳邊磨蹭不已，好氣又好笑；牠們你推我擠的，搞得貓飛狗跳，牆內牆外大戰不休，你一定以為狗贏貓，那可未必，因為老貓的「貓爪功」常常勝了Dollar的「橫衝直撞術」，老貓以智取勝，有牠一套，還真服了牠；老貓若是不敵Dollar，牠一躍跳上圍牆，Dollar只有望牆興嘆，無可奈何了。但有時確也能相安無事，出奇的和諧，貓狗一家親，讓人放心。

　　當今數位相機普遍盛行，孩子們人手一機，隨時捕捉精彩畫面，有練習就有成效，曾經失敗就會帶來成功的機會。此刻，老爹隨時被傳喚充當背景，來陪襯天生的模特兒。孩子們還真能捕捉老貓、Dollar的神韻，因為牠們是最佳模特兒，擁有最純真、最自然的一面，一點也不做作，自然就是美，那種可愛的模樣會讓你發自內心的愛上了牠。這些貓狗照片若嘗試參展，不得名次也可得佳作，絕不誇口；不參展，則張張存檔，張張上了電腦桌面，還可隨時更新畫面呢，又是樂事一樁！

　　冬天到了，寒氣逼人。Dollar有牠主人為牠準備舒適的狗窩，唯獨老貓沒有，餐風宿露，怪可憐的，因而在院子裡特地為牠準備舒適的窩，剛開始牠不習慣，不肯屈就，畢竟「金窩銀窩比不上自己的狗窩」，後來外子強逼牠就範，才安分的待下。幾天之後，老貓不見了，遍尋不著，大家心急得不得了，後來再度現身，此時已是遍體鱗傷，整個貓臉髒兮兮的，不成「貓」樣，因為貓是特別愛乾淨的，有事沒事就是洗牠的寶貝「貓臉」，而今竟敢以此「貓臉」見人，甚而連香噴噴的雞脖子也不感興趣，我想：這下真的是生病了，且病得不輕啊，父女倆趕緊將牠送至家畜診所就醫，住院數日之後，總算得以康復再度回家。住院期間父女倆「心心念念」總是惦記著老貓，每日必探望，方得安心。

又有一次老貓再度負傷歸來，這回傷在腳上，傷勢不輕，寸步難行，傷口大到不縫合不可，真是傷腦筋啊！得知某新村有一位名獸醫，我和外子倆連夜帶著老貓求診去，那晚可是夜黑風高，風超強到整台車都晃動起來，挺嚇人的！因我不敢看縫合手術，所以待在車上等候，而時間卻在此時緩慢下來，恰似分分秒秒踱方步，讓人憂心如焚，唉！感慨老貓老運不佳，歹事接二連三，也許年紀大，加上不小心，才會問題不斷，叫人擔心。真該幫牠改改運，消災解厄才是，但為了老貓這點付出又算得了什麼呢！

最後一次生病，外子自個兒來處理，因他接觸了前面兩位獸醫的診療方式，知道如何處理，他也夠細心和用心的，先請護士小姐協助，再幫老貓注射點滴。由於天寒地凍，所以用暖爐幫老貓取暖，又拿一堆沙子鋪在地上，作牠「方便」之用，因貓咪的習性會挖沙子來蓋住自己的糞便，超愛乾淨的；外子觀察入微，設想周到，為的是讓老貓有舒適自在、賓至如歸之感，由此觀之，我還真的不得不佩服外子的細心、用心，誰叫老貓是寶貝女兒的最愛啊！因為此時此刻寶貝女兒負笈異鄉，我們更得以「照顧老貓」為己任，置一切「閒雜事務」於度外，不得有誤，如今「孝子、孝女」還真是難為啊！

經過一段時間的生養休息，老貓再度活蹦亂跳，活力充沛，也許緣份將盡，後來老貓就不再現身，遍尋不著，謎樣的行蹤，難以捉摸。令人納悶的是一聲告別的話語也吝於傳遞，讓我們大嘆「真情換絕情」啊！後來聽女兒說：貓咪若知道自己大限將至，牠會跑去另一個地方默默離去，不會在牠心愛的主人家中逝世。如此一說，心中稍能釋懷，老貓真不愧是隻善解人意又懂事的靈貓啊！我們竟錯怪了牠。此時此刻老貓應已在牠的極樂世界悠遊、享樂了，徒留我們一廂情願的無盡思念，但也感謝老貓曾帶給我們一家人的歡樂歲月。

後來，我們也搬家了，偶而路過，我們還是會再度去回味一下「貓狗一家親」的快樂時光，Dollar依然親切有加，也更健美了，見到我們還是猛搖尾巴，不知是否還記得小主人？Dollar，我們對你可是懷念特別多哩！

馬祖日報　二〇〇九年八月二十六日

歡喜冤家一對寶

何其有幸地認識了這麼一對即將邁入百歲人瑞的老夫妻，他們可是從年輕吵到年老，常常是三天一小吵，五天一大吵，幾乎到了「無時不吵、無事不鬧」的地步，而且越吵越有勁兒，越吵氣勢越高昂，永遠也不嫌累呢，在別人看來，他們應是怨偶一對，如果你也這麼認為，那就錯了，因為這一對神仙寶貝，可是過著「歡喜冤家、永不寂寞」的快意人生啊！

老夫妻倆還真懂得吵架的藝術，他們藉著吵架增進了肺活量，鍛鍊了好身體；藉助吵架讓彼此有更進一步的認識與瞭解，所謂：「不打不相識，越打是越帶勁兒」啊！再說：吵架非得集中專注力，才能振振有詞、鏗鏘有力，否則思慮渙散、語無倫次，還真吵不出個所以然來。可見倆老依然是腦筋靈光，身強體壯，且肺活量十足，因為他們藉著吵架讓腦力激盪，動動腦、來個腦筋急轉彎；在頻頻思考過後，等同於做了個「醒腦健身操」，所以幾凡幾百年前的大事，夫妻倆皆有本事如數家珍般的提出來，吵個千百遍也不厭倦，正所謂「溫故而知新」嘛，所以一堆陳年往事，只要話匣子一打開，就有如播放CD片般的，要聽哪一段往事，只要稍加點選，就能毫不遺漏的讓你聽得如癡如醉，值回票價。如此一來，真的就不容易得「老人失智症」了，比「腦神」補藥更具加倍的威力呢。

同時，他們也藉著吵架來打發時間，人生就是要在「等待」的過程中不要覺得太無聊，這才屬上乘的人生了，否則在無所事事的日子裡，無所寄託，又找不到生活重心，要數多少個饅頭，度過多少無聊歲月啊？

人到了老年，早已是兒孫滿堂，兒女皆已成家立業，事業有成，啥事都輪不到他們來定奪、來煩惱了，即便是有所煩惱，那也不過是「庸人自擾」罷了！這時即便是天塌下來，在人生旅途上他們也已「值回票價」了，因此人老了若還不懂得享清福，那真是枉費老天爺的厚愛了。設若老來還唯恐天下不亂地窮攪和，那隨之而來的亂果豈不是又要波及無辜，而傷亡慘重？這豈僅是單純的庸人自擾呢？所以，何不「吃得肥肥，裝得垂垂」（閩南語），笑口常開，做一個到處受歡迎、有如「彌勒佛」般的老好人，多好！當然，有人總喜於挑戰手氣、挑戰智慧、挑戰大腦，於是擎著「衛生麻將」的大旗來打發時間，美其名為防止「老人失智症」的發生，但，熬夜打麻將，傷神、傷心、傷肝且傷財，還不及吵架、「鬥嘴鼓」來得妙啊！

且讓我們窺視一下這對百歲人瑞的生活起居吧，正如〈天黑黑〉歌曲所描述的：

「阿公啊要煮鹹，阿嬤啊要煮淡，……」，兩人意見長南轅北轍，還好如今年老力衰，不至於「兩人相打弄破鼎」，但令人奇怪、納悶的是：相處了七、八十年的老夫老妻依然是各煮各的飯，各吃各的美食，卻還能同在一個屋簷下，同在一間房間內共同生活，一人一把號，各吹各的調，雖不和諧，但也差強人意的在不和諧中享受簡單的幸福。他們常常是一個剛要睡下，另一個卻精神正昂揚呢，唯我獨尊似的目空一切，渾然不知房內還有一位尊貴的室友存在呢，叫人不得不佩服其本領之高超，真是無人可匹敵。他們子女眾多，照理應該分居兩地，讓彼此耳根稍得清靜，或小別勝新婚，讓感情加分才是，但老夫妻倆依然喜歡湊熱鬧的暱在一起，相看兩不厭，一葷一素共享太平；吵架成了家常便飯，「鬥嘴鼓」配飯吃，無言的抗議當作飯後甜點。殊不知正因為他們彼此相知個性，所以得以同居，方能相安無事啊！

聽老先生談起：有一回老婆婆在他耳邊聒噪不休地嘮叨了兩個多小時之久，直到他小睡片刻起來，她還欲罷不能地繼續在唱著自導自演的獨腳戲呢，這等本事我想孔老夫子的「說教」本領也及不上呢！老婆婆亦是抱怨不斷，述說老公公年輕氣盛之時，也曾「全武行」的相待，不懂得憐香惜玉、溫柔體貼，更甭談什麼花前月下的卿卿我我、甜言蜜語了，如此看來，老婆婆還真是走在時代的尖端，向浪漫的年輕人看齊喔！只是兩人羅生門似的各說各話，旁人實在無法得知內情於一二，再說：夫婦之間往往是床頭吵，床尾和，稀鬆平常，且還越吵越親熱呢，否則，八、九或者十個小孩是如何得來的呢？唉！清官難斷家務事，就讓他們各自訴之於清風明月，由它們來評斷是非吧！

吵累了，他們可還懂得休兵，並開闢另一戰場——冷戰開始。同在一個屋簷下，倒也具備著「危機意識」，炮火猛烈開打過後，總得好好生養休息一番，待養精蓄銳之後再決勝負，此乃養生之道，亦是長壽之妙方，更是維繫婚姻關係之方便法門，設若不懂得休兵再出發，你將遍體鱗傷、體無完膚，精力、心神一敗塗地，那將會死得很慘！吵架猶如跳舞，一進一退，才能進退有據，維持平衡，吵過之後才能有新的開始。有些夫妻經不起考驗，不吵則已，一吵之後，各走各的獨木橋，各過各的陽關道，吟唱著〈相見不如懷念〉之歌，揮揮手不帶走一片雲彩，何其不幸，又何其悲哀啊！俗語說得好，「不是冤家不聚頭」，還說：「冤家路窄」。我們真的要好好珍惜能有「吵架」的緣分，有可以「吵」的本事與本錢，設若到了不屑一吵的地步，也就是互道「珍重再見」的時候了。這對老夫妻真是身經百戰，過關斬將地淬練了這等本事，它真正禁得起考驗啊！雖然吵鬧不休，依然攜手相伴同行到老，「老ㄟ，明早吃菜哦！」這幅廣告深得我心，真的好溫馨，好感人！

如今，慶幸的是這對有如神仙伴侶般的老夫妻依然健康、快樂賽神仙；最難能可貴的是得以白頭偕老，不知羨煞多少人！照理說，能夠度過金鋼鑽石婚的老夫妻彼此之間更應相知、相惜、相愛才是，即便是對方打個噴嚏，也知道即將發生什麼大事般地默契十足，但他們卻依然樂吵架而不疲，依然有本事吵鬧不休如往昔，即便是生病了，各躺各的床，依然有精力可以吵架，且嗓門之大，讓一個個晚輩們自嘆弗如，足見其功力之深，歷練之豐富啊！老來仍樂於繼續這有趣的「快意人生」，真給他們打敗了。

曾聽聞如是說：「人與人之間都有著一定的緣分，緣盡了，也就是分手的時候」；又說：「這一世的關係若修不好，來世還會再聚首，繼續修到完美方休。」乍聽之下的確有幾分道理在，也十分聳動人心，令人不得不心生警惕！因為過去不得知，未來不知道，唯有當下得以把握，所以，如果不想和討厭的人來世再聚首，我們就趕緊好好的修煉、修煉吧，否則，歹戲拖棚，那可是十分煞風景的，且讓我們也試著去做一對「歡喜冤家」，修好這一世情緣吧！但好方法並非人人適用，適合甲的未必適合乙，巧妙運用，存乎一心，所以趕緊量身訂做一套屬於自己的方便法門來修煉吧！

最後，我依然由衷的祝福這對如神仙眷侶般的老夫妻，越吵越康健，越吵越神清氣爽，作一對人人稱羨的歡喜冤家，他日榮登百歲人瑞榜的模範夫妻，為金門歷史上加添一樁新紀錄。

金門日報　二〇一二年九月十七日

誠摯的祝福與期許

測試在即，每個人都緊張萬分，此乃必然現象，為了能有好成績的展現，我突發奇想的有一個好主意，邀請大家蒞臨漁港海邊對海高歌，不論是練發聲、練音量、練膽量……，都會有很好的效果，還能促進感情交流、增進情誼，這是我最近發現的一處新天地，不敢獨享，所以特邀大家一起來分享，享受這晨起寧靜的片刻！又擔心太陽出來曬黑了諸位細嫩的皮膚，且星期假日時間寶貴，所以宜早不宜遲，再說：擇日不如撞日，就訂四月二十九日（測試前一天）清晨為我們的早餐約會時間吧！希望有您同行，共襄盛舉！

也許人就是感性動物吧！特別是重情又敏感的我，就更加的擺脫不了感情的框架模式，很多事情的定奪常受到情緒的牽制，而情緒就是經由人與人之間的互動、反應，交替衍生出來的；加之氣象預報隔天天氣將會下雨居多，使得我原本興致勃勃的浪漫構想，就這樣的胎死腹中，靜靜的躺在我的資料夾裡，留下一份無法執行的完美計畫，讓我深感惋惜！

話說金門縣合唱團稱得上是資深且優良的社團，亦是文化局長口中最具代表金門特色的社團之一。多少蒞金演唱的合唱團隊，無不邀約金門縣合唱團同台演出，那是本團引以為傲之事。面對每次的邀約，我們總是深感榮耀的欣然接受，並把舞台當作是相互切磋、磨練成長、以歌會友的最佳場所。所以，每一次的演出，我們都抱著只許成功、不許失敗的使命感，夙夜匪懈、臨陣磨槍的做最好的準備，因為觀眾的眼光是雪亮無比的！所謂：養兵千日、用在一時。大家都想把握機會，好好表現一番。再說藝術的殿堂深邃高遠、永無止境的，好還要更上一層樓，在追求更高境界的要求下，讓我們沒有懈怠的權利，只能精益求精、突破自我以求漸入佳境。

在藝術的殿堂裡，除了接受友團的挑戰，也為了團隊的自我成長，更為了參與激烈的比賽，我們總是想方設法謀求團隊的進步再進步。真的，在一個團體裡，自我成長、自求進步永遠是大家責無旁貸的職守！最終，我們達成共識——測試評比等級，作為各自晉升的依據。遊戲規則一經公佈，全體團員莫不摩拳擦掌、全力以赴，就連睡夢中恐怕都在引吭高歌。有人如是說：「凡事若到了瘋狂地步，則離成功不遠矣！」誠哉斯言！而我們確實也收到預期的效果了，大家皆傾全力做好準備來接受此一測試，這份精神讓人無限感動！

唱歌原本是一件快樂的事兒！從小到大，有事沒事時總喜歡哼哼唱唱，並藉以抒發心情，那真是心靈至高無上的享受啊！但是，若把它當作一種職業，可就相當辛苦了。所以我們總是以業餘的心態來追求專業的水平；站在此山，眺望那山；以有涯的生命追求無涯的境界，在歌唱天地裡悠遊、享樂，除了享受學習的過程，亦分享彼此的學習心得，及一場場美妙的心靈饗宴，我們的人生也因為有了歌唱生涯的點綴，而顯得多采多姿、絢爛繽紛。

此次北京警官合唱團帶著「金獎」閃亮亮的招牌過境，並邀約同台演出，面臨大敵當前，的確帶給我團極大的壓力，讓人陷入兩難！但，欣逢此千載難逢的大好時機，豈容錯過、輕忽！而金門縣合唱團就是如此要得，遇強則強（至少沒有太大的懸殊），硬著頭皮上戰場，充分發揮金門的戰鬥精神，將不可能變為可能，再次的挑戰成功，完成了不可能的艱鉅任務，這是有目共睹的事實，贏得了鄉親們的肯定與掌聲，激起了莫大的迴響！北京警官合唱團有很多值得我們借鏡的地方，不但讓團員們耳目一新，也再次的為我們注入新的活力元素，讓我們重新思考再出發。

北京警官合唱團雖然號稱業餘團隊，然個個都是音樂科班出身的；又賽前歷經兩個月的集訓，一個個留守集中營（不能回家）接受魔鬼般的訓練，難怪震撼連連、魅力無法擋，他們真是先天俱足（得天獨厚擁有好資質），再加上後天不捨晝夜的努力，所以幾達爐火純青的境界！您瞧！進出場走路的儀態，就像經過特訓般的一絲不苟，一看就知道是訓練有素的團隊，讓人佩服、讚嘆！女團員的髮型全是包頭，不容有半點個人色彩，乾淨俐落、清爽怡人，整齊一致就是美啊！服裝設計講究視覺效果，遠遠望去，好像都是電腦「揀」的，萬中挑一，一個個標緻迷人、美若天仙，一站上舞台，就已經是先聲奪人、美不勝收了，再加上白色、飄逸的曳地長裙，擺蕩出風情萬千，不啻是視覺上的一大享受啊！

除此，清純甜美、乾淨如一的音色，讓人猶如置身於天籟的夜空下，在在顯現出是經過一番特殊、嚴苛的訓練，這是我們所欽佩、所望塵莫及的，亦是值得我們借鏡之處；即便是表情、肢體語言亦是經過千錘百鍊方有以致之。他們具有共同的目標：舍小我、成就大我，為一致的目標奮鬥打拼，犧牲奉獻、在所不惜。看了他們的演出當不難體會：「成功絕非偶然」這句話的真諦。古有明訓：「台上一分鐘，台下十年功」，在在皆映照出北京警官合唱團成功背後所付出的心血啊！古人有言：他山之石可以攻錯。這真是一支值得我們傾全力來學習的團隊，不論在服裝、髮型、儀態……等，以及其投入的精神，都是值得我們學習的最佳典範啊！

「將相本無種，男兒當自強。」我們既然是一群愛好歌唱的朋友，就當立下志向，不但悠遊於合唱天地，更要使它發光發熱，有朝一日讓它成為金門人的驕傲。此時此刻，我真是感受深深，且寄語尊敬的Alto夥伴們，我們有幸進入到合唱園地，且讓我們盡情地享受這份無憂無慮的學習過程，只問自己是否真正盡了心力，不必去在乎成敗與否，更不必去在乎「五四三」的蜚短流長，因為，凡事盡了心力就可無憾，可不是？我們是如此的無負擔，因為我們少了音樂科班的光環，唱得好是奇蹟，唱不好無人得以苛責，我們怎可妄自菲薄，懈怠、荒廢呢！俗話說：「師父領進門、修行在個人。」就因每個人的資質、悟性、專長各有不同，所以要想達到成功的境界就非得較常人付出加倍的心力不可，深信只要一切盡其在我，用心去體會、領悟，成功必然在望，就讓我們快快樂樂、開開心心，好好的練、大膽的唱吧！只要充分的練唱，達到純熟，必能帶來十足的信心，而信心就是登上成功的跳板啊！再說，我們在合唱團裡是何其重要的角色啊！具有舉足輕重的地位，我們要更努力、更認真的練唱，所以此次演出的成功，正意味著我們Alto的成功，歇息一下，好好為自己喝采一番吧！

而漁港海邊——這迷人的人間仙境，永遠敞開雙臂等候您的蒞臨！它真是一處寧靜、溫馨，讓人忘我的人間天堂，晨起走它千百回也不厭倦，難怪我家靈犬——路基一到海邊總是隨風翻滾、逐浪奔馳，如癡如醉、不忍離去，這裡真是一個好地方！希望有那麼一天有您同行，共享那歌聲、風聲、浪濤聲交織而成的美麗樂章！

金門文藝　二〇一一年十一月〈第四十五期〉

酒濃　情更深

一個團隊的向心力不是一朝一夕所能建立起來的；同樣的，一位領導者的風範、氣度尤須歷經千錘百鍊，方能通過全體團員一致的認同、博得眾人的肯定與讚賞，最終是發自內心、真誠的獻上心中的讚賞與祝福，那才是真正的眾望所歸、至高無上的榮耀啊！

今天，金門縣合唱團正式將「賢才卓著　德被我團」的匾額贈送給任勞任怨、犧牲奉獻的陳總幹事賢德主任，一則感念他無怨無悔的為團付出，再則感謝他功成身退之後，擔任金門縣合唱團榮譽顧問，繼續為合唱團傾囊相授、貢獻心智。這難忘的一刻，全體團員莫不是歡欣鼓舞、雀躍何似，掌聲不斷地洋溢在一片歡樂聲中！

中國人是重「禮數」的民族，特別在傳統禮教的薰陶下，禮尚往來、有禮則安。因而，這一塊匾額的送出可是讓陳總幹事的荷包「傷很大」，他原本預定席開四桌宴請、感謝團員們「贈匾」的盛情美意，但，礙於春節期間大家應酬多、帖子多，又各個事業大、要務繁，所以，雖然只來了三桌的「賓客」，但，這在合唱團來說，已經是聚集了「滿滿」的人氣，旺到不行了。

我們歡聚於昔果山的海鱻城餐廳，接受陳總幹事美食佳餚的款待，開心的是這裡有我最愛的炒冬粉、炸鮮魚片，以及香濃可口的芋頭排骨……等道地的家鄉美食，又特別是在「無酒不成席」的思維下，陳總可是傾其所有地從私藏的酒窖中找出了八四年釀造、八五年出廠的金門陳年高粱酒與大夥兒分享這光榮的時刻，正所謂的「好酒要與好朋友分享」啊！而這美酒、佳餚也不負使命地造就出人間一等一的美事來！常言道：「酒逢知己千杯少」，不覺間大家都暢快地多喝了兩杯，也難怪，因為這醇酒佳餚總讓人有「未飲先醉、未食已飽」的超級魅力，光聞「八四」年的美名就已讓人醉倒在酒席之間了呀！再加上美食佳餚更是使人大快朵頤、分外滿足啊！而相對於陳總對合唱團的用情之深、用心之切，真可用「情深比酒濃」來比擬啊！他這份竭盡心力、無怨無悔的精神，就如今晚帶來的醇酒一般，濃得香醇迷人！酒酣耳熱之際，腦海中浮現陳總這一年來的豐功偉績，往事歷歷，如在眼前，讓人感動深深、讚嘆頻頻！

開春一聲雷，就在正月初五接受了第一件挑戰性的任務，全體團員在陳總幹事的號召下，不畏風寒地趕了個大早，齊登太武，參與民政局翁局長伸金小姐所主辦的「福虎登太武　全家樂幸福」的全民春節聯歡活動，雖然春寒料峭，但金門縣合唱團依然披著外套、穿著棉襖，準備了多樣化的節目：有獨唱、重唱、四重唱、大合唱……等，來迎接新春的到來，讓嘹亮的歌聲為金門大地帶來春的禮讚，也帶動了整場的歡樂氣氛，特別是瑋涵老師帶來的壓軸好歌！您聽！此刻還依稀聽見那美妙的歌聲縈繞、迴盪在山谷之間呢，使得金門最雄偉的太武山也為之震撼不已！

鄉親們大都是扶老偕幼、全家總動員來參與這一盛會，一路上說說笑笑、熱絡寒暄，好不熱鬧！特別是多年不見的老友，相逢於登山路段，實在難掩心中興奮之情！在親切的問候，和頻頻的關懷、祝福聲中，整座山好像都因而活了起來、動了起來，一片嶄新氣象於焉開始，好似昭告世人春到人間、萬象更新，真是一年之計在於春啊！雖然北風凜冽、寒氣逼人，但超旺的人氣絲毫不減，大家皆陶醉在熱情奔放的春風裡。會中還安排有精彩的重頭戲——摸彩，放眼望去，只見萬頭攢動，驚喜聲不斷，真是熱鬧非凡啊！

再來就是每年例行的教孝月合唱觀摩，合唱團總是擔任示範團隊，我們並不恃寵而驕或「老神在在」，不當它一回事兒，相對的，我們尤其膽顫心驚，因為聽眾的耳朵是敏銳的、舞台是現實的；所以團員們皆有共識的，總想把最好的一面呈現在觀眾之前，才不枉金門縣合唱團有目共睹的閃亮招牌。而關懷受刑人的母親節音樂會不但年年舉行，且節目一再更新、創新，讓人不得不刮目相看而有耳目一新之感呢！因為我們就是希望在我們盡心盡力的策劃下，做得盡善盡美，博得好評。所以不論大、小型的各種活動之演出，大家都是夙夜匪懈，嚴陣以待，以求得好成績的展現。

六月六日，我們參與了二〇一〇僑鄉文化音樂會的演出，雖然我無法躬逢盛會，但依然是關心家鄉事，特別是有關合唱團的人、事、物的點點滴滴，無一不是惦記在心裡，看大家的表現都是可圈可點、精采萬分，讓人引以為傲！十月二十九日受邀參加世界李氏宗親會文藝活動之演出，我們特選了最具代表金門特色的《金門先生》參與演出，雖然此時陳總因要事在身，人不在國內，但我們的倪副總可是責無旁貸的一肩扛起此一重責大任，這樣的團隊真是無懈可擊、難以詬病啊！真不愧是多年來所建立的手足情誼，因為大家都是好姊妹、好弟兄，總是不分彼此，合力達成每一項使命，這應是堅強的領導中心所營造出的「合作無間」的團隊精神使然，亦是辛勤播種所獲致的奇異之果啊！所以心中除了佩服，還是佩服這一優質團隊！

艱鉅的任務就在於比賽，誠然舞台是現實的，但是比賽場景尤其苛刻、現實啊！我們參加比賽當然就是為了奪冠，因而在得失心理的作祟之下，使得人人有希望、各個沒把握，此乃必然現象，所以，我總認為：只要參與其中，這份「志在參加」的精神就已經是相當了不起，讓人敬佩了！瞧！我們在陳總幹事的領軍之下，再一次的參與了福州第三屆「放歌海西」的合唱比賽，大家為了團隊的榮譽，夜以繼日的操練不休，最終奪得了銅茉莉獎，這應歸功於總幹事及指揮的領導有方、辛勤付出，而榮譽則應歸屬於全體團員，因為那是大家在眾志成城、百鍊成鋼的努力下所換來的成果啊！也等同於再一次的對外宣揚了金門的聲威，再度地做好又一次成功的國民外交，我們的音樂水平也緊跟著向上提昇，並向前跨越了一大步，真是可喜可賀啊！

緊接著又有泉州電視台的邀約，製作「歡樂泉州　走進金門」的綜藝節目，我們準備了《金門高粱香》與《望春風》配合演出，深獲觀眾好評，並換來熱烈的掌聲與鼓舞。我們真是邀約不斷啊！如今，我們好像已成了最具代表金門的藝文團隊之一了，無怪乎李局長在接受議會質詢時，也將我們搬上檯面——最具金門特色的團隊，所以，我們怎可不積極的尋求向上提昇之道呢？不論質與量的提昇都是刻不容緩的事，這樣才不辜負長官對我們的厚望與期許啊！因為，原地踏步等於落伍，這和「學如逆水行舟，不進則退」的道理是一樣的，所以凡事總要求新、求變、求進步，以因應整個大環境的改變與更新。所幸，我們在陳總幹事睿智的抉擇之下，通過幹部會議的決議，而有了新的突破、新的要求和嶄新的作為，這不啻是合唱團多年來的一大創舉與改革，亦是向前邁進的莫大助力。我以為：只要取得大家的共識與認可，對團隊有所助益的，都是可行的方案，所以，在追逐理想的時空裡，我們似乎又大大的向前躍進了一大步，叫人既感動又欽佩！既期待，又怕受傷害！亦更加的樂觀其成啊！

常言道：羅馬不是一天造成的。誠哉斯言！由此可見，金門縣合唱團這一「人人讚賞」的口碑也不是一天所能樹立起來的，那是團員們經過多年來的歷練，南征北討所打下來的美麗江山、所奠定下來的不敗根基，因而每當力邀親朋好友加入合唱團時，大家無不是欣欣然卻又懷有憂心與顧慮，因為大家總是戒慎恐懼，深怕唱不好、跟不上進度，擔心無暇配合演出前的「密集操練」……，所以只能以欣賞的角度、仰慕的眼神來看待團員們，好像一旦成為團員就是了不起的「歌唱家」似的，其實不應當將唱歌這麼地神格化，但說真的，若沒有一份熱誠與興致來投入、來參與，是難以維持至今的；且每每面臨演出前的測試，那真是一股嚴酷、無形的壓力啊！因而多少人打退堂鼓，然而這也就是合唱團所以締造了不朽美名之來由，因為舞台是絲毫馬虎不得的呀！且為了精湛無瑕的演出，不得不如此嚴苛訓練啊！所以在有了共識之後，大家都能欣然接受，並全力以赴為團體的榮譽而練唱到底，漸漸地，鄉親們都目睹了合唱團耀眼的光環！而我們又何其盼望更多生力軍的加入來強化我們的聲勢，壯大我們的陣容啊！

身為一位領導者，就是要帶領大家走對的路，朝正確的方向邁進！而身為一位領導者，更需有海一般的胸襟來包容一切，誠如「海納百川方能成其大」的道理是一樣的。陳總一人要面對眾多團員及來自四面八方的輿論，確實不容易啊！他好比牛的四個胃一般，吸收不同的聲音，兼容並蓄，再加以不斷地反芻、消化；亦好比果汁機一般，將所有水果打在一塊兒，融合為一，再做最終、最明智的定奪，所以終能贏得大家的信服與肯定！仔細思量：這總幹事一職又豈是泛泛之輩所能承擔得起的重擔啊！所以，我是發自內心真誠的讚賞與佩服！

一年的任期轉眼即到，陳總婉謝大家的好意，不再連任，大家皆體會得出其中的辛勞，及所背負著的各界評斷之壓力，有道是任勞容易、任怨難啊！而陳總集兩者於一身，不但任勞任怨，外加出錢又出力，實在是不容易！如今歡喜卸任，讓新的領導人——連總——繼續帶領大家走向更寬廣的康莊大道。

今晚大家有緣歡聚一堂，亦算是合唱團的「快樂聚會」，所以大家都格外開心地多喝了兩杯，一片歡樂景象，讓人開懷、忘我！此時此刻，一切盡在不言中，酒，還真是人類最好的朋友！放眼望去，「好酒」不見了、「眼前全無礙眼人」，一片和諧、歡暢，惟祝願團運蒸蒸日上、更上一層樓！也祝福所有的伙伴們心想事成、萬事如意！

金門日報　二〇一二年十月十四日

婚禮的祝福

「各位嘉賓、各位至親好友：感謝您今晚的蒞臨，不但為我們增添了無限光采，大家也都洋溢在一片喜氣中！現在讓我們以最熱烈的掌聲、誠摯的歡迎梁家雨先生、康瑞瑛小姐，吳吉富先生、梁家穎小姐以及可愛的小花童們進場……。讓我們一起來見證愛的真諦、分享愛的喜悅……。」兩對新人的美麗人生就在一片祝福聲中展延開來。

今晚是梁家兄妹一起歡辦喜宴，宴請親朋好友的大喜日子，從早些日子裡，左鄰右舍、眾親朋好友都紛紛地感染到一身喜氣了，那種洋溢在喜氣氛圍裡的感覺真好！

當帥哥新郎、美麗佳人一現身，便吸引住眾目之焦點。合唱團好友悄悄地對我低語：妳們家每一個都長得很不錯也！讓我真是開心至極！兩對小花童走在前面導引，邊走邊灑五彩繽紛的禮花、彩帶，說多可愛就有多可愛！特別的造型、特別的打扮，可以當專職的小花童呢，他們可是為喜宴加分不少。鎂光燈更是此起彼落，拍個不停。

外甥媳小君是此次化妝總舵，兩位新娘、新郎加上小花童全在其靈巧的雙手下達到無懈可擊、幾近完美的造型，當「新娘祕書」真好，不但可好好揮灑自身的藝術天份，還可讓新娘驚豔全場，地位可是舉足輕重，相當的重要呢。

喜宴先由金門縣合唱團拉開序幕，以〈人生如蜜〉、〈月亮代表我的心〉來祝福新人琴瑟和鳴、百年好合！人生的聚合必有一定的緣分，俗話說得好：「十年修得同船渡，百年修得共枕眠。」實在是不容易啊！可不是？有道是：「有緣千里來相會」，若非經過百年修煉，如何能夠千里姻緣一線牽，緊緊繫住著兩顆驛動的心，永結成一個同心圓呢！所以美麗人生就從今日起，恩愛、幸福一生，永世不渝。

接著，十分榮幸請到金酒公司董事長——李清正先生上台致詞，除了婚禮的祝福，更是為大家帶來歡欣的氣氛。當然主婚人——大姊夫梁振瑛先生更是樂不可支的舉杯感謝至親好友的蒞臨、歡聚。在父母心中，兒女婚事可是他們朝思暮想的一大喜訊啊！如今總算是盼到了，了了心願，何其快慰！所以從結婚對聯的書寫、訂婚喜餅、喜帖的發送……等，這兩老可是忙得不亦樂乎，還不曾聽聞叫累呢，真是人逢喜事精神爽啊！神清氣爽一身輕盈，也就活力活現了。

大姐也為了展現傳統婚嫁習俗，特地指導眾家姐妹們，精心地煮了一大鍋具有傳統風味的芋頭米粉請合唱團團員們享用，一則感謝合唱團的友情相挺，犒賞他們為了婚宴的演唱，特地就近移駕到金湖國中來練唱的辛勞，再則讓大家感受、品嚐一下傳統禮俗的美味點心，有經驗者可都是十分懷念這道古老的家鄉味呢。聽大姊說：以前結婚時都是自家殺豬宰羊來宴請賓客的，特地把豬血留著，製作成「豬血糕」，再加上芋頭、貢丸、肉絲……等配料和米粉一起煮，這就是傳統家鄉味的「米粉芋頭」，是那個年代裡極具美味的一道特殊點心，特用它來請所有幫忙張羅喜事的至親好友們品嚐。雖然我年歲一大把了，但這美味可口的「米粉芋頭」還是生平第一次吃到的呢，那香味兒實在誘人啊！大家可想而知，有了鬆軟綿密、入口即化的芋頭，以及芋頭所散發出的誘人香氣，其中蘊含的美味就不言而喻了！即便今日已是天天山珍海味了，但這道「米粉芋頭」依然相當誘人，來自台灣的準新娘——新外甥媳婦兒還特別獨鍾這一「味」呢。值得一提的是這芋頭是我家三哥所種，完全不輸給小金門芋頭而有過之呢。

婚宴中為了應親友團的要求，家穎與吉富上台獻唱了一首〈月亮代表我的心〉。情歌動人的旋律真是讓人百唱不厭，聽它千遍也不厭倦，因它真能深深地打動人心，難怪傳頌不絕，特別是心有靈犀、默契十足的小倆口唱來，更有不一樣的風格與韻味；而家雨與瑞瑛則客氣的婉拒了，是家雨太客氣，瑞瑛只好夫唱婦隨了。夫妻相處之道自然是相敬如賓、相互體諒與尊重，卻莫強出頭，由此看來，這好的開始，將是未來美滿婚姻的先兆，祝福兩對新人幸福愛到老，歡樂年年！

接下來，是大家踴躍上台獻唱的時刻，真是歌聲嘹亮、繞樑不絕啊！整個紅龍餐廳為之歡聲雷動，因為今晚稱得上是高手雲集、群星聚會的難得盛會啊！特別值得介紹的有金門高中校長夫人與三阿姨的〈戲鳳〉，此應景歌謠到如今依然受歡迎；金酒公司最佳代言人——呂培光老師的一曲〈杯底不可飼金魚〉更是風靡全場，他可是把此曲詮釋得淋漓盡致，難怪Encore聲叫囂不斷，大家也隨之痛快暢飲，多喝了兩杯，真是酒逢知己千杯少啊！好友相聚、喝了喜酒、沾了喜氣，不亦快哉！金酒銷售指數不覺間又向上提升了；更難得的是金門縣合唱團指揮——李大師，他平常是不輕易演唱的，今晚也特別上台演唱了一首〈葡萄美酒〉，那渾厚的歌聲，讓團員們大飽耳福，尖叫不已，他是師大名師曾道雄老師的高徒，就可想而知其高超的演唱水平了；曾得過金湖鎮卡拉ok大賽第二名的向玉珠小姐——養工所主任夫人，更是唱作俱佳，博得滿堂采；我家大伯——許漢昌老師當然也義不容辭的上台獻唱以示祝賀，他對自身的要求是極其嚴苛的，完美加上高標準，又是學體育的，其充沛的肺活量運用自如，您就不難想像其歌聲了……；還有諸多友人也一一上台獻唱、祝福，我就不再細加述說，真是精采絕倫，簡直可用群星會來形容呢。真的，有了「歌林」高手興致高昂的歡聚一堂，使得台上、台下一片熱絡歡騰，賓主盡歡，High到最高點。但仍然有遺珠之憾，那就是我們的明日之星——許介甯（小獅子），今晚的小花童，他有精彩的絕活——Sorry舞，竟忘了安排他上場，都怪我這三姨婆的規劃不夠周延，真是太可惜了啊！也許心中留著一份期待更美好！

我們的大家長——李沃士先生，此時也於百忙當中特地撥冗前來道賀，讓主人們深感榮幸之至，也使得整個歡宴會場沸騰到最高點。縣長大人上台致詞之後，由主人陪著到各桌敬酒，美中不足的是，一時之間竟興奮得忘了請李先生上台高歌一曲，曾聽聞過縣長大人的一曲〈愛拼才會贏〉真不是蓋的，的確有兩把刷子哦！最讓我欽佩的是，一般喜帖少有兩對新人一起請客的，只因體貼、懂事的孩子們為了減少父母勞累，又不失喜筵的喜氣，所以兄妹連袂請客，而縣長大人送來金碧輝煌的「山水喜幛」恰也是兩份，由此可看出縣長別具慧心哦！讓人無限感恩！

婚宴主持人——林長鴻先生，金湖鎮代表，稱得上是能說、能唱、能主持，使整個婚宴進行得十分順暢，完美無瑕；加上合唱團好友國琍先生提供的全程錄影，使整個過程完美的全都錄，讓新人留下一段可資回味的甜美紀錄；又三姨丈以及好鄰居歐陽文輝、黃連忠這鐵三角更是合作無間，把整個筵席搭理得有條有理，尤其是筵席之後的後續處理，真是沒得挑剔，使得整場婚宴完美零缺點。這真是一個互助的社會，溫馨的團隊，感恩有大家的熱情幫助。

另外，還特別要讚賞大姊的識大體、懂禮數，在古禮的婚宴中，中午的筵席由舅舅坐主桌，在「母舅桌」坐大位，舅舅不來還不能「開桌」呢，因為「天有天公、地有母舅公」，母舅位尊被奉為上賓；但到了晚上的筵席，新娘迎進門了，新娘貴為貴賓，則由新娘坐主桌，在「新娘桌」坐大位，包括媒婆、小花童……及一些命好、生肖吉祥之人，湊足十人，十全十美，討個吉利，這是傳統禮俗。但因此次破例的擁有兩對新人，且只有晚上宴請賓客，所以大姊還是特地把主桌留給尊敬的大哥（舅舅）、大嫂（舅媽），以示尊敬與禮遇，兩張「新娘桌」擺兩旁，以突顯「母舅桌」地位之崇高，大家遵從照辦，讓我們十分佩服！真的，不經一事不長一智，有了此次親臨其境的參與之後，方能有所了解，將來自己當婆婆時才能不慌不亂，有模有樣。

這場完美的人生世紀婚宴就在眾親友的祝福聲中劃下美麗的句點，亦是小倆口攜手人生的起始點。人生漫漫旅程有伴偕行，何其快意！同甘共苦、互助合作，彼此相敬如賓，又互為精神上的一大支柱，那是件多麼美好的事啊！展開在他們面前的，不再只是花前月下談情說愛的浪漫日子，它應是大隊接力賽的開始，因為生活的挑戰將相繼而來，而家中的新成員也會一一來報到，那是責任的加重，是履行諾言的開始。而，兩人相攜相扶，一起編織美麗的人生，又是何等的神聖、完美啊！

對婚姻的體認如人飲水，冷暖自知。俗話常說：「男怕選錯行、女怕嫁錯郎。」隨著時代的巨輪前行，觀念早已更改，不再僅僅是女怕嫁錯郎，男也怕選錯「娘」（新娘）啊！男女都要仔細挑選另一半才是；既已選定對方，就要真誠相對，莫把婚姻當兒戲。婚姻專家常告誡我們：「婚前要擦亮眼，婚後則要睜一隻眼、閉一隻眼；要愛其優點，更要包容其缺點。」說的甚是啊！人生哪有十全十美？所以睜一隻眼、閉一隻眼，多想對方的好，你將發現朦朧的美，更加的美上加美，不知您們以為然否？美麗人生就留待新人日後細細品味、咀嚼，你們將會有更深的體悟，而這本人生好書將讓你百讀不厭。祝福你們，美麗人生、幸福無邊！

金門日報 二〇一〇年十月十六日

線裡乾坤

近日裡，大姐家即將有新成員來報到，一家老小無不是喜孜孜的期盼著，藏不住的喜悅綻放在臉上，一個個滿溢著歡欣，讓我也沾染了一身喜氣。大姐心血來潮，再次的翻箱倒篋，找出孩子們小時候穿過的毛衣，準備拆掉、重新編織，為即將來臨的新成員編織新裝。

大姐在織毛衣方面，有其獨到的功夫與見解，她總認為以前的毛線比較好，而自己親手編織的毛衣更好，耐穿耐洗、美觀大方、保暖又漂亮，所以孩子們的毛衣都是她親手編織的。弟弟妹妹接收哥哥姊姊的衣服，那是理所當然的事，所以織好一件毛衣幾經輪番、更迭，可以穿上數年，頗合乎經濟效益，若在無人接收的情況下，還可送給適合的有緣人，或者拆掉重織，總是盡其可能的加以充分利用，達到物盡其用的功效，一點也不浪費；正如她織毛衣時，若還剩有一點點線，她必定拆掉、重織，把剩餘的線用罄，絕不浪費那一絲一線，因為剩下的那一點線看似無啥用途，但是，若把它們織在一塊兒，將來毛衣拆掉再重織時，還是派得上用場啊！所以，從此細微處就可看出她是多麼地節儉，多麼地用心於其上，功夫之到家、之講究，讓人望塵莫及，稍有一點不滿之處，就是拆掉重織，直到滿意為止，她就是如此的嚴謹，且精益求精、要求完美，所以織出來的成品無一不是其精心傑作，不但可與專櫃相比美還有過之呢。

為了替大姐分憂解勞，我將毛衣帶回家拆解，浸泡熱水，晾乾之後，再纏繞成線球，這真是費工夫的一件事兒，若非我也曾熱衷此道，稍知其織法與原理，否則，想要順利的拆解它還真是不得其門而入呢！

帶回的毛衣其中有三件是我的作品，不覺讓人睹物憶舊，陷入時空隧道……。回想當年，盛行手工編織毛衣，我就像踏上「不歸路」似的在編織天地裡悠遊忘返、欲罷不能，在靈巧雙手巧妙的牽引下，一件件不同款式的毛衣紛紛出籠，真是千變萬化、神乎其技，穿在孩子們身上，那是母親的驕傲，就像是我的一張亮眼成績單展現在眾人面前一樣，那是一份與「賢妻良母」劃上等號的榮耀；再說身旁都是編織高手，一個個都是熱心指導的老師，隨時皆可向她們討教、請益，怎可錯失良機呢！加上我這虛心學習、不恥下問的學生，成效一定可想而知，因而從其中所獲得的成就感自是不在話下！當年的心情真可說是一線在握，希望無窮，它為多彩的人生注入一股活力啊！

所以，我們不難想像：在寒夜孤燈的陪伴下，慈母手中線，孜孜不倦地編織著遊子身上衣的熱切心情，真是穿在兒身、暖在娘心，那一針一線蘊含著滿懷愛心與無盡的關懷，不但織出了母親心中的無限希望，也溫暖了遊子心靈，那無怨無悔、無私無我的母愛情懷更是展露無遺，讓人感動啊！

您再瞧那細心、多情的女子總想在冬天裡為心上人織一款別具意義的圍巾，表表心意，因為在那一年代裡，圍巾十分盛行，男士們若披上一條圍巾則更加的魅力四射、風情萬種，它不但是一種裝飾、也算是一種配件，更是一件必需品，有了它，自然生色不少，也更加的風流倜儻、飄然出塵，儼然一位風度翩翩的正人君子。難怪懷春少女總想藉著圍巾，一層層、一圈圈，緊緊地繫住情郎的心，不但為他抵擋風寒，帶來暖意，也「以巾傳情」的送出愛的訊息，特別是那份蘊藏其中的少女情懷，無不是滿溢著詩意、蕩漾著款款深情，使得它更加的意義不凡而有價值了，因為「巾」（君）長情更長，所以多少懷春少女渴望能擁有一雙巧手！馳騁、奔放於線裡乾坤終不悔，不但織出了花樣年華，也織出了詩意篇篇和美麗人生。

綜而觀之，不論任何年齡層的女子幾乎都熱衷此道，它似乎已成了賢妻良母、親密情人的表徵。小學生從最基本的圍巾學起，遙想當年沒有棒針的年代，我們可是拿「香根」（拜拜使用的香，點燃之後遺留下來的部份）或用竹筷削成，當棒針使用，依然是有模有樣、煞有介事地樂在其中；小女於小學階段也曾樂此不疲，雖然最終還是由我代為完成，但經歷了這一段編織過程依然留下難忘的回憶。國中、高中的家政課所學的東西就更為多元化了，我們當年不但樂此不疲，還到了廢寢忘食的地步，記得國中時林久如老師教我們鉤長毛（尼龍線）包包，我怎麼鉤都鉤不好，一再的拆掉重織，食指還因纏繞著尼龍線而留下深刻的痕跡，我竟能不畏疼、不洩氣、不以為苦的想要完成它，甚至於半夜都爬起來偷偷地編織呢，那種驅動力是自發性的，無法阻擋，真是到了廢寢忘食的地步，如今想來，當年那股學習勁兒，實在是不可思議啊！而學習精神就當如此，若能達到瘋狂地步，則攻無不克、學無不成，離成功不遠矣！當年的我就好羨慕李苡甄同學擁有一雙巧手，總能一次ok，一次搞定，讓我欽佩不已，成了我不時請教的對象，而她總是耐心的指導我，讓我深受感動！

大學室友陳同學，嘴巴之甜，讓我招架不住，也就欣然應允結婚之時送她一床手鉤床罩，此刻想來，這真是大手筆的結婚禮物啊！那要付出我多少青春歲月與心血方能換來此一結晶啊！誰叫我是「聽覺動物」，受不了美言的誘惑而許下諾言。多年不見，不知床罩是否安然無恙？是否依然發揮功效？或已功成身退、棄置一旁？雖然事隔多年，但它依然縈繞我心，讓我思念不已，因為那一針針、一線線都有我的一份心思在其中穿梭不息，這份情才是最難能可貴的。二姐結婚時，我更是夜以繼日地為二姐趕製嫁妝，諸如繡花枕頭、十字繡枕頭套、桌巾、沙發靠背、手鉤床罩……等，這一份精神與心力又有誰比得上？誰叫我們「手足情深」呢！所以自然就樂在其中，絲毫不覺得苦。而當年亦是風氣所及，使得人人皆為之瘋狂起舞！真是一線在握、神采飛揚。

Hello Kitty是永不退流行的時尚寵物，是每一位孩童心中的最愛，小女曾經流連於

Sogo百貨專櫃，只為那一件心儀的Hello Kitty毛衣，在心疼高價位，而我的編織功夫也到達了某一境界之上時，竟無視於它的存在了，我連哄帶騙的勸說：「媽媽回家織一件比這更漂亮的Hello Kitty毛衣給妳。」回家後我真的實踐了我的諾言，找來特殊紙張，繪上Hello Kitty圖樣，然後配上顏色編織，最後再添加一只蝴蝶結，大功告成，完成女兒心願。這份特殊成就與經歷何其難得！是金錢所買不到的，亦非筆墨所能形容得盡的呀！

古人有言：「萬貫家財不如一技在身。」真真是至理名言啊！這編織功夫真是一項了不起的手藝，一旦學會，終生受用不盡；早期有人專門為阿兵哥編織毛衣，賺取生活費，別小看這份微薄收入，它可是足以養活一家人的，手藝佳的還可為專櫃打造品牌，那收入就非同小可了，所以早期傳統的優質婦女形象乃取決於善於炊糕、包粽子，外加編織毛衣。如今雖已進入工商業時代，時間就是金錢，再沒有閒功夫來從事編織工作，但它依然不失為一項謀生技能，亦是一種很好的休閒寄託，瞧！大姐編織一件又一件搭配旗袍的毛海外套、開襟外套、毛衣（套頭、圓領、V字領）……等，真是琳瑯滿目、美不勝收啊！一件件嬰兒穿的「和尚衫」、小毛帽、小背心、毛衣、外套……等，真是可愛極了，忍不住多看兩眼，讚美一番！如今編織成了她輪椅生涯中的一大享受、一大樂趣，寄情於此，不但帶來她滿箱滿櫃的成品，亦養成了她樂天知命的人生觀，為此，我深感慶幸大姐擁有多才多藝的才華與堅強的毅力，又懂得安排生活，所以依然展現出亮麗的一片天來。

如今，我已「封針」多年，此刻回顧當年竟能有這麼多的作品問世，真是不可思議！那是多少歲月的累積，多少心血所換來的成果啊！莫非當年的青春歲月皆沉浸在編織天地裡，否則如何能有這麼多的作品呢！換成是現在，若還能擁有那麼多的悠閒時光，我怕已不復當年壯志，如何再一頭栽進編織天地裡，悠然忘返？

在拆毛衣的當下，抑制不住的思潮起伏，猛然靈機一動，為何不將之拍照存證，留作紀念呢！雖然已經拆了一件，消失於無形，但好在還有兩件尚未拆掉，趕緊將之拍照存檔，繼而又聯想到封存在箱底的一些手工織品，諸如：桌巾、床罩、枕頭套、枕巾、睡袍……等，趕緊也將之一一拍照，留待老年時再來細細回味，那將會是一段既濃又純的甜蜜回憶啊！若與兒孫閒話當年神勇事蹟時就能如數家珍般的有憑有據了！

金門日報　二〇一二年一月四日

友情的芬芳

湖北演唱之旅是一段令人難忘的回憶！

第三屆海峽兩岸「放歌海西」合唱節比賽於二〇一〇年六月十七到二十一日在福州舉行時，因人在國外，無法及時趕回參與盛會，為此心中深感遺憾與抱歉！此次二〇一一年七月十二至十六日再度受邀湖北演出，又因小女難得暑期歸來度假，一樣叫我難以割捨與她相聚的短暫時光！去或不去，一顆心如鐘擺般左右擺盪。幾經煎熬，細細思量，終於作了明智的抉擇——義無反顧的隨團出發——只為那一份責任感的驅使，及團隊的榮譽。我們在文化局周課長的率領及連總幹事的領軍之下，再次的跨越海峽、直飛湖北、武漢，遠征宜昌。

雖然不是比賽，只是與我們的姊妹團——廈門青少年宮鳳凰花女子合唱團相約在湖北，同台演出，並以歌會友、促進兩岸文化交流而已，理應快樂出帆、輕鬆赴會才是，但是面對每一次的演出，我們總是如臨大敵般的嚴陣以待，只為求得將最精彩的一面展現在觀眾之前，這是我們自始至終不變的原則與信念。所以臨行前的密集訓練依然不打折，大家一心一意，抱持著使命感全力以赴，絲毫不鬆懈。

此行雖然沒有高規格的接待，但大家可都是十分樂意的自備旅費順利成行，所以更加無負擔的一身輕盈。也由於是假期中，所以好些團員藉此難得的機會攜眷同行，讓我們的陣容更加龐大、壯觀，無形中壯大了我們的聲勢！眷屬們更是在與我們朝夕相處、深入其境的實地觀察之後，真正看到了我們平素不為人知、努力奮戰的一面——我們是如何接受魔鬼般的訓練。因而體驗更加深刻，也更加確切的知道我們對藝術的這一份熱情與執著，以及無怨無悔的專注投入與付出，所以賢德夫人心有所感的捐贈一萬元贊助此行費用，讓團員們感激萬分！

金門縣合唱團乃資深團隊，屈指算來大家皆擁有幾十年以上的情誼，所以一路上說說笑笑、默契十足的談笑風生間，一點也不感到無聊，不但淡忘了舟車勞頓之苦，亦讓友情即時加溫。當然還是不乏有人「上車睡覺、下車尿尿」，畢竟這是一趟十分遙遠的旅途啊！若不養精蓄銳，如何因應這一番長途跋涉之辛勞呢？也有人是不時的傳遞補給品，因為大家的旅行經驗都十分豐富，總是不忘隨身攜帶一些零嘴，一路解饞，於是，你的口香糖、她的蘇打餅……，各家珍藏紛紛出籠，彼此分享種種珍饈、聖品，且讓咀嚼帶來愉悅，一掃舟車勞頓之苦，使精神處於最佳狀態，所以，此時此刻即便是一顆陳皮梅亦倍感珍貴啊！特別是惠英姐，包包裡總是塞滿了「應有盡有」的食品與大家分享，此起彼落的「謝謝！謝謝！」，不絕於耳，真是獨樂樂，不如眾樂樂！而讓人覺得十分不解的是：同樣的東西，在家獨自享用，跟在旅遊車上與大夥兒一起分享的滋味竟有如此的差別，有道是「人多嘴饞」，或應該是「人多好吃飯」的道理使然吧！總覺得特別的香甜可口，還真是別有一番滋味在心頭呢！

在這英雄豪傑聚集的團隊裡，有些人是說唱俱佳，腦袋瓜裡就像藏了個錦囊妙袋似的，總有層出不窮的笑話，一則又一則，大家聽得是笑彎了腰、笑破了肚皮，也泛出了亮晶晶的激情淚水……。有些笑話是只可意會、不可言傳，所以，當先知先覺者會心大笑時，後知後覺者還處於「一頭霧水」中呢，直到靈機剎那閃過，帶來恍然大悟之後，繼之而來的又是陣陣笑聲，此起彼落，一個個笑逐顏開，快樂得不得了。有些笑話則是百聽不厭、傳誦不絕，如呂大師所說的〈浯江溪〉，不但水準高、寓意深，且頗有文學素養，值得讓人再三思考、玩味。當然笑話也常因說「笑」者的特質而產生不同的「笑」果來。此行讓我深感於長途旅行最需要的就是笑話的調劑，來消除舟車之疲累。

我們最佳的車掌小姐——月蓮老師，不但體力足，腦筋還能加速急轉彎，好像裡面附加了一個笑料加工廠似的。她下車之後的功課就是明查暗訪、蒐集資料，經過一番添油加醋、精心炒作之後，再往加工廠一丟，瞬間一則則笑話就如湧泉般源源不斷地噴薄而出，您不必在意您的糗事已被她轉了好幾個彎，但為博君一笑，這又何傷大雅之有呢？因而，只要心門一打開，歡笑就能如同出閘的洪水般奔騰，強力宣洩，所有的煩惱隨之煙消雲散，不復知愁為何滋味了。而快樂的時光總是飛逝得特別快，所以不覺間四、五個小時之久的車程轉瞬即到。

我們先參觀了武漢青少年宮，它，歷史悠久，是全國數一、數二面積最大的青少年宮。青少年宮，顧名思義，當知它是青少年學習才藝之處所，舉凡琴棋書畫，運動健身，應有盡有。從早到晚各項活動輪番上陣，且不僅限於是青少年的活動場所，舉目望去，您瞧！銀髮族群的蹤影遍佈在每一個角落，不論是武劍、練拳或踢毽子……等，都讓人十分心動，真不啻是老少咸宜的最佳活動中心。記得咱們小學階段的課餘閒暇，也時興踢毽子，那時毽子都是自己製作，只要綁上銅錢，繫上雞毛（特別是公雞尾巴上的鮮豔羽毛），那就是一個標準的、漂亮的毽子了，若無雞毛，則用塑膠袋套住銅錢，再將其上的塑膠布剪成鬚鬚狀，權充雞毛，就是一個很不錯、克難型的毽子了。

在貧瘠、沒有娛樂的童年裡，這就是我們最大的享樂，當年大家可都是一窩蜂的投入，不但踢得不亦樂乎，甚且樂此不疲，特別是冬天時節，一踢下來，常常是全身冒汗，混身上下都暖和了，真是冬天裡的最佳運動啊！我們也常相互比賽、較勁兒，看誰踢得多，而花式踢毽我倒也會個一招半式呢，值得欣喜的是，如今的功力可還是不減當年哦！它就像騎腳踏車一樣，一經學會，就不容易忘記了。看到他們還保有此一國粹——踢毽子，實在開心！此情此景，讓人不由得陷入回憶的漩渦裡，好想買個毽子重溫兒時舊夢，只是團體行動，多有不便，就讓它成為記憶深處永遠的懷念吧！

此次「『友誼・和平』武漢　廈門　金門青少年文化交流文藝展演」音樂會的節目是多樣化的，年齡層則是老、中、青、少、幼五代同堂，實屬難得，它的確是為我們帶來一個歡樂、難忘的夜晚。大家除了展現各自的團隊精神、歌喉與亮麗的團服，當然亦觀摩了友團的實力，在輪番上陣、相互觀摩之下，真正達到了以歌會友的目的。說真格的，沒有比賽，就比較沒有壓力，而少了相互較勁兒的虛擬對手，還真讓人感到輕鬆自在、無限歡愉呢！

我們一整天先做好彩排工作，冀望能有百分百的完美展現。由於事前充分的準備，因而能達到自我要求的目標，所以格外開心，觀眾們不但報以熱烈的掌聲，還給予我們很高的評價呢，讓我們倍感溫馨！我深深以為：一個表演團隊所需要的就是表演的舞台和熱情的觀眾，因為天才就是這樣讚美出來的啊！當然最開心的莫過於與姊妹團同台演出，相互切磋、增進友誼；以及值得我們借鏡學習的當地參與表演的團體。讓我深受感動的還有一群可愛、純真的小朋友，那天真無邪的笑靨是永恆的吸引力，童言童語更是讓人永遠不嫌聒噪，那是一股旺盛生命力的十足展現，它代表著的是一股希望的泉源啊！不知是不是與我的年齡有關，此刻的我特別「情有獨鍾」於那一張張純真、稚氣的小臉蛋兒，瞧那一舉手、一投足之間所潛藏著的無限潛力啊，看到他們就像看見希望的曙光一樣開心。

首先是兩門（金門、廈門）的混聲合唱：思念、鼓浪嶼之波、青春舞曲。接下來是：

二、鳳凰花女子合唱團女聲合唱：鳳梨維茨舞曲、扔，扔啊扔、流水戀歌。
三、金門縣合唱團女聲重唱：像一朵小花、押花、山在虛無縹緲間。
四、鳳凰花女子合唱團女聲重唱：月亮月光光、燈碗碗開花在窗台。
五、金門縣合唱團混聲合唱：叫做台灣的搖籃、茶山情歌、輕笑。
六、鳳凰花女子合唱團女聲合唱：太陽出來了、船歌、雜菜湯。
七、金門縣合唱團男聲重唱：滿江紅、漁陽鼙鼓動地來。
八、兩門混聲合唱：快樂的聚會、嘎哦麗泰。

這其中再穿插著武漢青少年宮的合唱、舞蹈等。最後則是兩岸三團及全體演出人員的大合唱——龍的傳人。由潘老師親自指揮，不但帶動了全場氣氛，亦感動了台上、台下所有的演出人員及佳賓，並巧妙的把大家的心緊緊地揪在一塊兒了，那種久久的感動是一種微妙的、難以抗拒的震撼啊！

大陸真的是人多人才多，就連觀眾也特多，隨手一邀，至少也有八、九成以上的觀眾，哪像我們還得常常去動用「鼓掌部隊」！無怪乎有「文化沙漠」的稱號，因而，藝術涵養的提昇、鄉親的強力宣導是極其重要的一環啊！亦是我們目前所急需努力的課題之一，就讓我們快步向「文化島」的偉大目標前進吧！

此次演出，隨團的眷屬們真是幫了大忙，不但為我們照顧隨身貴重物品，還充當我們最忠實的聽眾兼鼓掌小天使，特別是外地演出，不容小覷這後援會的功效啊！當曲終人散，大家紛紛離席時，竟遍尋不著我的隨身包包，讓我虛驚一場，原來慌亂中盧師母全權代為保管以至於結束，並攜回車上，心中實在是感激萬分！說真的，不僅是小朋友出外演出需要後援會的協助，就連大人團也迫切需要幫忙啊！諸如現場實況錄影、拍照、照顧行李以及突發事件的因應處理……等，都是迫切需要協助的，有了此一經驗，下回再有出遠門的機會，就得招募親友團的團員隨行才是。

完成了此次任務，接下來就是犒賞自己的「三峽大壩」之遊，我這「劉姥姥」還是第一次遊大觀園呢，所以總是格外新鮮、特別好奇，老是搞不清楚關閉閘門，待水位上升至某定位之後，再放行船隻的原理，幾經思慮、沉澱，方理出個頭緒來，真是後知後覺到不行啊！因而打從心底的讓我不得不佩服工程師的偉大，為此，我常想：與其說「人定勝天」嘛，其實也不盡然，請看造山運動、人類的浩劫——地震、洪水……，誰敢低估大自然的力量？誰抗拒得了大自然的趨勢？但，此時此刻，你能不歌詠人類的偉大嗎？你能不讚嘆工程的艱鉅嗎？看了「三峽大壩」之後，讓人更加佩服人類的了不起，正如同我從巴黎搭乘Ibus通過海底隧道來到英國倫敦是一樣的感動、一樣的讓我讚嘆不已啊！人，真不愧是萬物之靈！

此行最後的重頭戲是參加指揮家潘老師的婚宴，金門縣合唱團真是有情有義，只為那一段無憾的神奇因緣——於第一屆福州合唱大賽會場上與潘老師相遇，傾倒在老師那迷人的揮棒之間，於是邀約潘老師為我們錄製〈金門高粱香〉CD片把關，並於第三屆福州合唱大賽邀請潘老師擔任指揮，帶領我們奮力揮進「銅茉莉」獎項的殊榮——就這樣大家竟不辭舟車勞頓之苦，不遠千里的翻山越嶺，提著「百年高粱」前來向潘老師祝賀，這一份情、這一份義，唯日月足以明鑑，實在是感動人心啊！整個婚禮現場因有了金門縣合唱團的助興，方能盡興的High到最高潮，最終是賓主盡歡、一個個捨不得離席。由此觀之，金門縣合唱團似乎又多了一項特異功能——製造歡樂、喜氣的絕佳能手，可不是？我們逗得人人歡心，更逗得潘老師感動到不行！以至於在我們離開老師家鄉的時候，潘老師唯有淚千行。是我們的情誼深深地撥動了老師的心弦，當下我瞧見了朵朵燦爛奪目的友誼之花盛開在每位團員的臉龐，何其芬芳、美麗啊！

短短的五天行程，說長不長，說短還真是嫌太短了，雖然如此，大家可是滿載而歸，除了濃濃的友情滿行囊之外，還有就是數位相機所留下的珍貴回憶，那一張張的照片為我們留住當下那稍縱即逝的燦爛微笑，編串出一頁頁耐人回味的彩色記憶。

金門日報　二〇一二年八月二十六日

樂善好施的翁三哥

大家都知道金門有一個頗具水準的合唱團，那就是金門縣合唱團，而金門縣合唱團裡有一位經常是最早到（前來開門、兼備茶水、充當值日生）、最晚離開（收拾善後再離去）默默做事的團員，那就是翁三哥了，因為他是我家三哥，所以順理成章的大家都尊稱他為翁三哥，也由於他默默地付出，所以贏得大家對他的敬重！

三哥在我小時候的印象中是一個蠻喜歡唱歌的人，有意無意間總會聽到他嘹亮的歌聲，而快樂就在哼唱中散播開來，使得身邊的每個人都感受到快樂的氣氛。那首十分應景又充滿喜氣洋洋的《迎春花》就是小學階段三哥教我唱的歌，至今依然印象深刻，往事歷歷、一如昨日。

在我們所處的年代裡，父母為了家計辛苦終年，又子女眾多，自然而然的兄姊就得肩負起照顧弟妹的責任，分擔父母的辛勞，幸運的我，從小就受到三位哥哥、兩位姊姊的呵護，兄姊就像父母般的給予我諸多教誨及最佳示範，因此，父慈子孝、兄友弟恭，雖然，生活艱困，倒也其樂融融。

記憶中每次三哥自台歸來都會攜帶禮物與大家分享，那年代一般百姓唯一的交通工具好像只有登陸艇而已，當時無深水碼頭可供船隻靠岸，所以每每登陸艇搶灘上岸還得視潮水而定，又基於掩護作用，都得等到夜幕低垂的晚間上、下船，所以每回到家來都已是夜深人靜了。這時全家人並不因夜深而有不悅，相反的，仍然興奮地帶著惺忪睡眼起來迎接。媽媽總不忘把我從睡夢中叫醒，一睹台灣水果之風采，一起品嚐三哥帶回的罕見水果，還記得那軟軟的、橘色的、薄薄一層皮的軟柿子，當時我還真不敢吃，因為從來都不曾吃過，也不知道該如何吃，想不到如今卻成了我的最愛，而且還是軟硬通吃。在貧瘠的年代裡有三餐享用就已謝天謝地了，哪裡還有什麼水果可言，見都沒見過、想都別想啊！不知是否因此而促使先父有了種水果的先進想法，所以在尚未得到農試所補助果苗之前就已由三哥自台購買、攜回種植了，雖然先父不愛吃水果，但他本著「前人種樹、後人乘涼」的宏偉胸襟，只為造福後代子孫而努力，也為我們兄妹及後輩子孫立下了不朽的標竿！

當我長大赴台就學期間，每逢假日，或有餘暇，總喜歡走訪親友，閒話家常，以減除鄉思之苦，還可打打牙祭犒賞自己一番。為滿足口腹之慾，享受家的溫馨，基隆三哥家是我最常去的地方，每次去，無不是大快朵頤、又吃又帶，最後才依依不捨地回師大宿舍。對於一位遊子來說，去三哥家是莫大的慰籍與滿足啊！

三嫂常跟我說：「妳三哥呀，為人最熱心！不時要我幫忙滷一大鍋肉，帶到他工作的中船與同事分享。」還說，兒子好友來訪，三哥待之如貴賓；對於社區活動更是熱烈參與、全力支持；還經常為《清溪》撰稿，報導各項消息，堪稱為《清溪》的資深作家呢。三哥對於朋友就是這般的熱誠、寬大，而令人感念，因此，旅居基隆期間，三哥雖然身為異鄉客，竟毫不遜色地突破重圍，當選過無數次基隆地區的好人好事代表，真是實至名歸啊！

三哥雖然人在異鄉，但心繫家園，姪兒還在國小階段，每逢暑假，三哥必專程帶他遠從基隆千里迢迢地來到高雄，再搭乘登陸艇到金門，為的是要將姪兒學得的「扯鈴」才藝傳授給家鄉金鼎國小的小朋友。三哥認為凡事都得從小紮根，奠定基礎，而小學階段正是學習的黃金年齡，且扯鈴不但是最佳的民俗才藝，還是一項很好的運動，「強身才足以強國」，所以在啟心動念之後馬上採取行動。皇天終究不負苦心人，經過多年的紮根、培育、耕耘，這項民俗才藝，終於開了花、結了果，薪火相傳以至於今，不但屢創佳績，還受到上級的肯定與重視，如今扯鈴（民俗體育）已成為金鼎國小的特殊才藝、學校特色，在每年的才藝競賽中，都能大放異彩，贏得佳績；在金門的重點活動中也經常應邀演出，博得好評與讚賞！這些可說都是三哥用心耕耘所培育出的累累果實。

近些年來，三哥退休返回故里（原任職於中國造船公司基隆廠），依然全心投入家鄉的公益事業，盤山村老人休閒活動中心的興建以及搭建擋雨棚，他就各捐贈了五千元及二萬元作為興建基金。不僅如此，還捐贈金鼎國小全套扯鈴器材、扯鈴隊服裝、合唱團服裝、又自七十四年起，每年提供金鼎國小的每一位小朋友一套體育服裝。自七十九年起，每年捐兩萬元作為金鼎國小「至德民俗體育獎學金」以至於今。三哥可說是一位窮得只剩下「愛心」的善心人士，非但不求自己的益處，反倒是處處為他人著想，出錢又出力。在待人方面，三哥又極其寬宏大量，大伯是三哥員林中學的校友，就經常誇讚他從學生時代起在為人處事上就極其寬厚有加，且樂善好施。是的，三哥平素節衣縮食，省吃儉用，不求自己的享受，家裡的冰箱壞了，捨不得花錢汰舊換新，依然是將就著用，卻把辛苦賺來的微薄薪水設置獎學金，熱心教育，嘉惠學子，並提攜後進，造福群眾，這種熱心助人的高尚情操，叫人打從心底地佩服與讚嘆啊！

想必是受到先父的精神感召吧！三哥回到家鄉除了熱心公益，又把先父開墾的「砥園」加以整修維護，再加上文獅大哥、大嫂及姪女的投入，使「砥園」由一片荒蕪再度回歸到欣欣向榮。每到春天，園內生意盎然，各種有機疏菜、水果及花草樹木蓬勃生長；且鳥語啁啾、花香濃郁，真是滿園生輝，「砥園」從此便成了我們兄妹聚會、思親憶舊的好地方。我想：先父在天之靈一定備感欣慰！難得的是，由於種植火龍果成效頗佳，獲選為火龍果種植者相互觀摩的對象，並於九十二年當選模範農民呢！三哥獲獎無數，九十四年當選金門縣模範父親，更早，還當選過金鼎國小的傑出校友、金門地區好人好事代表，並代表金門角逐全國性的好人好事代表。這數不盡的榮耀，不但為翁家增光，也為六桂增添不少瑰麗的色彩，兄弟姊妹皆以三哥為榮！

九十三年，三哥加入紅十字會金門縣支會為基本會員，出任總務，積極參與人道服務之會務工作，協助見證遣返大陸人士，長期慰問、關懷地區受刑人及向日葵之家的患者。同時，協助啟動兩岸緊急醫療服務，對於兩岸救援工作，是隨傳隨到，絕不缺席。他真真是全心地投入，熱情地奉獻，這種無怨無悔的精神，著實叫人欽佩！鄰里鄉民無不豎起大拇指，佩服他的嘉言懿行。

我們所居住的下堡聚落社會，還是相當的傳統，大家守望相助，尤其是婚喪喜慶，都是互相幫忙，彼此關心。而三哥，總是義不容辭，主動幫忙，且毫無怨言，讓大家感受到極為溫馨的鄉情，彼此像自家兄弟姊妹般相互款待，和樂融融。也許是旅居在外久了，如今回到家鄉，內心那份歸屬感、那種血濃於水的親情讓三哥更渴望全力地付出與奉獻！而今，三哥又加入、組織了盤山守望相助隊來守護村里的安全，積極推動社區發展，期盼建立更和諧、更溫馨的社會。

擔任六桂宗親會總幹事期間，不但任勞任怨，且服務到家，看不出生性憨厚、木訥寡言的三哥竟是如此的服務周到，文虎宗親大哥就跟我誇讚三哥無數次，他說一些通知只要電話聯絡就可以了，然三哥總是親力親為，無不是親自送達，以示敬重。至於宗族眾人的事，難免人多是非多，而文虎大哥總是再而三的讚嘆、佩服三哥的涵養與風度，那是大肚能容的宰相氣度啊！實在叫人欽佩萬分！

俗話說：「能者多勞」，此言不虛！三哥不但身兼數職，還都是無給職；不但犧牲奉獻、且能快樂投入，真是最佳的好人好事代表啊！最近才又聽聞他擔任「金門縣表揚好人好事運動協會」總幹事一職多年，真真是能者多勞啊！

常言道：「天公疼憨人」，像三哥如此勤於作善事的人竟然生病了，也許是三哥過度勞累所致，老天爺要他卸下工作重擔，好好休養。然而，勤奮有加、責任心重的三哥，即便是生病期間，在職務尚未交接之前依然抱病做好、完成未完成的任務，幾度奔波於台金之間，實在讓我們極度不忍。今年度（二〇一二年十一月二十三日）「金門縣表揚好人好事運動協會」的頒獎典禮，他依然抱病處理相關事物，並招喚在台任教職的兒子至誠專程請假返金協助辦理。只為求得典禮的盡善盡美、完美無瑕啊！

我們常說：善有善報！也常說：好人有好報！在我心中，三哥是永遠在做善事的大好人，但願善有善報！好人有好報！也衷心的期盼、祝福三哥早日康復，再度投入他所熱衷的公益事業、合唱團……。更希望三哥的善念義舉成為社會的最佳典範，收見賢思齊之效，使得「人人有善念，個個有義舉」，則必能營建更溫馨和樂、平安健康的人間天堂！

金門日報　二〇一三年一月十九日

往事只能回味

口述：翁子喻（婉女）、撰寫：翁維璐

時光荏苒、歲月如梭，轉眼之間，鬢髮灰白，讓人慨嘆時不我與，往事只能回味！

近日裡，一張四十幾年前由克樹老師所珍藏的照片，輾轉地從國防老師交到我手裡，因為他們認出了照片中的小女孩是我，所以「按圖索驥」地找到了我，並特地來電：問我往事「記」多少？一時之間，使得沉澱在時光機裡、不復追憶的童年往事如泉湧般澎湃在心頭，歷歷如在眼前……。

猶記當年，那是個教育並不十分普及的年代，加之「重男輕女」的觀念根深蒂固地印鑄在老一輩人們的腦海中，使得女孩子少有受教育的機會，因而，形成了每個班級都是男多女少的特殊現象。那難得的幾位得以進入學堂的女孩可真是天之驕女、備受矚目啊！當我再次翻閱金鼎國小九十周年校慶紀念冊上的歷屆學生名冊時，發現我們班上十二位同學中，女生僅綉金與我而已，這都怪當年「女子無才便是德」的觀念左右了人們的思維，而且「女孩家，嫁出去、別人的」的傳統論調，大家皆奉行不渝，視為寶典，誰也不願做賠本生意。當年我們姊妹得以受教育得歸功於父母的睿智，但如今回想，那時父母一定為了我們飽受鄰里「莫須有」的非議與責難，真是難為他們老人家了。一直到今天，我依然深深地感恩明智的父母讓我們上了學堂，受了教育。

小學階段正逢八二三戰役，在中共節節進逼之下，政府思圖堅壁清野，大舉反攻，但這必先安頓老弱婦孺退居後方，方能無後顧之憂地傾全力放手一搏，那時大卡車已停放在司令台廣場前，即我家側門，準備護送百姓鄉親們前往新頭碼頭登船，後送台灣寶島。我們三姊妹聞「令」起舞，手腳伶俐地收拾好精簡的隨身小包袱，一馬當先登上大卡車，佔住迎風面的寶座，可謂逃難不落人後！熟料母親立時把我們叫下車，因為祖母臥病在床，不便遠行。幸虧母親及時擋住我們，否則，隨眾撤退、遷居後方，這三姐妹說不定因流浪到淡水而成為名譟一時的「閃亮姐妹花」，改寫了歌壇歷史呢！聽說當年隨政府安居後方的每位鄉親可領到三千元的安家費，這真是政府體恤民情的德政，否則在離鄉背井、舉目無親之下，何以安居？那時的三千元是價值不菲的數目，足以安家創業了。

生病的祖母固然是我們家留駐金門的原因，但父母愛家戀家，難以割捨家鄉的情懷，才是他們毅然決然留守家園、捍衛國土的主因，因為「沒有國，哪有家？」這是千古不變的道理啊！這道理深深地烙印在我們的腦海中，所以，我們聽從父母，全家人一起留守金門，抱持著「有福同享、有難同當」的信念，團結一條心地跟隨著大有為的政府，締造了光榮的歷史奇蹟，留下一段難忘的回憶。雖然先父在戰役中中彈受傷，卻能無怨無悔，因為他認為這是為國犧牲奉獻的光榮啊！就因我們經歷過戰爭，所以對於戰爭的感受更為深刻，亦更加深刻地體會出「戰爭無情、和平無價」的真諦。而那些捍衛家國，和我們並肩作戰，奮勇到底的戰士們都是我們發自內心崇敬的偶像，所以小學階段在老師的指導、率領下，我們都樂意遠赴軍營以歌舞方式來慰勞「勞苦功高」的將士們。

勞軍經驗中最難忘又可貴的是有幸前往太武山表演民族舞蹈「昭君出塞」給　先總統　蔣公欣賞，當年的太武山乃軍事重地，一般百姓是無法進去的，即便是現在，能夠出入其中的亦非等閒之輩。所以一聽說要去太武山表演，我們都興奮異常，更何況是表演給難得一見的　先總統　蔣公觀賞，一顆心直要飛上天了。當時沒有舞台設備，台上台下一般高，就好像在一片廣場上表演，而　蔣公坐在前排欣賞。能有這樣的機緣，如此近距離的表演，讓人倍感榮幸之至！當年小小的心靈裡，認為總統就是天子，平民百姓哪可正視天子呢？凡見到天子的必是跪地、低頭、膜拜，所以，當下的我們都不敢正視總統，可是回到家就按捺不住興奮之情，把這天大的祕密偷偷告訴了母親，在她耳邊極其輕聲地細語著：「告訴您一個祕密哦！您不能告訴別人唷！今天我看到總統了……。」好像在宣告一件偉大、神祕的大事一般，既興奮、又惶恐，擔心這祕密事件曝了光，導致「一語外洩、全軍覆沒」的危機，可見當年的「保密防諜」功夫執行得多麼徹底、多麼成功啊！

就讀金門中學初中部的那一年，　先總統　蔣公曾蒞校視察，並與全校師生合影留念，那又稱得上是一件天大的喜事了！我們何其榮幸之至！我就蹲坐在蔣公身旁呢，那天回家一樣是興奮得不得了地告訴母親這一消息，連晚上睡覺都輾轉反側、開心得睡不著覺。學校真好，凡是與蔣公合照的人，每人都發給一張照片以珍藏留念，直到今天這照片我還細心地保存著呢，連同往日情懷也一併珍藏在心靈深處……。

由於奔走各營區勞軍，且大部分勞軍時間都以晚上居多，雖然每次都有軍中大卡車護送我們回家，但也許過於勞累，受了風寒，導致扁桃線發炎而經常感冒，有鑑於此，大哥便鼓勵我就讀護校，方便照顧自己的健康。因而初中畢業後，我放棄了直升高中的機會，選擇保送台中護校，開啟了犧牲、奉獻的「南丁格爾」生涯。

和軍中的情誼不只這樣，回首當年四〇年代裡，各方面的物資真是普遍缺乏呀，記得小時候，先父經常前往熟識的軍中廚房，將剩飯剩菜如獲至寶似地帶回家，再經過母親妙手一番炒作之後，就成了我們豐盛美味的佳餚了。所以，那一年代的標緻美女只愛伙夫班長，不愛軍官，此當是「民以食為天」的原始思維左右了現實生活所產生的特殊現象吧！

當年年紀小，思想純真，又因是戰地兒女，思想更加單純，忠黨愛國總不落人後。

那時老師要求孩子們見到軍車要敬禮，尤其是小吉普車，若被發現沒敬禮，就會被扣分記缺點。習慣成自然，造就了金門「軍民一家親」的和諧氣氛，真如標語所言「軍愛民、民敬軍，軍民本是一家人」。在戰地裡，軍民猶如生命共同體，同乘一艘船，禍福與共，當年金門上下無不是懷抱著同仇敵愾的心情，同心對外而形成了特殊的戰地情誼，我家牆壁上至今還留存著「殺朱毛滅共匪」的大字標語，當年它就像暮鼓晨鐘似地時刻警惕著大家：反攻大陸、光復河山。

軍中人多人才亦多，校方欠缺的師資就有勞軍方支援了，下堡西的西式大洋樓裡（此乃僑匯興建，那是童年裡所見過最豪華的建築、心目中的皇宮，極盡美輪美奐之能事，不但為家鄉增色不少，亦是僑鄉藉以光宗耀祖的體現方式之一，讓人欣羨！雖然經歷過戰爭的洗禮，百孔千瘡、彈痕累累，但依然不失其宏偉），就住著一隊康樂隊，可見那是多寬敞的地方，竟可容下一隊康樂隊隊員居住。平時她（他）們的任務就是練歌練舞，四處勞軍。藉著空檔，老師帶我來此接受指導，偶而他們也會來學校教導我們，克樹老師所珍藏的那張照片就是他們指導我對著麥克風作「心戰喊話」所留下的珍貴紀錄，想不到事隔多年，竟然讓我再次看到當年照片，並勾起了一連串的甜美回憶，心中真是感動莫名！直呼太難得、太可貴了！

記得當年康樂隊悉心指導我們歌舞表演的是陳教官，我們以一支「昭君出塞」舞風靡全場，而我飾演的角色正是王昭君，因而風頭頗健，不但是一舞走天下，處處受歡迎，而且贏得好多叔叔、阿姨對我的關愛，讓我懷念特別多。而惠英姐、景華姐、素貞姐、天平兄也都因此與我結為莫逆之交；特別的是，與素貞姐失聯許久，直到最近才又聯絡上，真真是不可思議啊！當年活潑無知，竟連她的名字都不知道，如今再逢故友，心湖激起漣漪陣陣，讓人一往情深地跌回從前的時光，原來我們隨著時光變老了，但潛藏於心靈深處的情誼卻是封存、發酵著。當年我也結識了許多好朋友，雖然各處不同的學校，卻感情深厚，直到現在依然彼此惦念著對方，也許是當年家兄文獅老師任教於示範中心小學（現在的中正國小），我才有機會擁有跨校的人際關係呢。

也許真的是人際關係不錯，農忙時節總能招喚一些家中不必忙於農事，卻樂於幫忙農事的小朋友來家裡幫忙，記憶中的文俊、玉梨……就是。他們天不亮就迫不期待地來家裡等待出發，那時天空還佈滿著夏夜星辰呢，好新鮮的感受。未去農田前，我們先在庭院上一字排開，然後照學校所教的體操，依樣畫葫蘆地做起暖身操，接著繞公園跑個兩三圈，最後才出發至田裡幹活兒。由於時間尚早，公園四周還有值勤衛兵站崗，站崗的衛兵可都是荷槍實彈的，對於經過的人士，一律問口令，若答不上來可是格殺勿論！這絕不是開玩笑的，因為軍令如山，任誰也不敢抗拒，但聰明的衛兵知道我們這群小蘿蔔頭等不及天亮，要去幹活兒，也就法外開恩，特別通融我們通行無阻了。

當年的我真像大姐大似的，對於身邊的小朋友還頗具號召力的，身邊有不少願意「效勞」的差使，小妹就是其中一個。那時由於喜歡看漫畫，小妹就常為我偷偷跑去金西戲院前的書店租漫畫書，一看之下常是廢寢忘食，所以父母總是反對、一再禁止，然，漫畫的魅力真是無法擋啊！越是禁止，越是想望，因此上有政策、下就有對策，忙碌又辛苦的父母還真是莫可奈何。後來不知怎地，我還規劃出一個小房間作為閱覽漫畫書的空間呢，記憶中似乎也提供給鄰居小朋友前來閱讀，我為自己小小年紀卻能調理事情得當感到驕傲。好在我們除了懂得體諒父母的辛勞，也知道求學路上的不易與辛酸，所以格外奮發向上，在功課方面全不必父母來操心。其實若功課不好，父母正可樂得輕鬆，不但減少學費負擔，還可增加一位幹活兒的好幫手呢。

小學所就讀的學校，也許因為是小校、小班使然，全校師生就像一個大家庭般地熱絡、和諧，大家不分彼此，那時的老師群有楊忠敬、楊國軒、陳添財、張水燦、李偉、陳素民、翁福順、林家煌、楊肅元……等。記得李偉老師是我四年級的導師，張水燦老師則是我六年級的導師，陳素民老師教我們美術，還住過我們家，讓我感到蠻光榮的，因為小學階段最崇拜老師，總是立志將來要當老師，作育英才，而能與老師朝夕相處，並受到如沐春風般地潛移默化，真真是幸運之至，無比開懷！我得的師恩特別多，曾在楊肅元老師的指導下拿下全縣演講比賽的冠軍，這一項殊榮頗為難得啊！因為往年都是示範中心的小朋友囊括一切獎項，鄉下的孩子哪能與之相比？所以，當我這一匹黑馬意外出現時，全校莫不歡聲雷動，大嘆奇蹟！記得當年的演講除了稿子背得滾瓜爛熟之外，楊老師還特別指導一些手勢，讓演講更為活潑生動、趣味盎然；而且時間點拿捏得剛剛好，我就在鈴聲響的當下結束了演講，時間能掌控得如此神準，應歸功於老師平日不辭辛勞的訓練。此刻憶及當年，還真是佩服自己有此能耐，感謝師恩之情懷亦油然而生。

回首當年，覺得自己真是豪情壯志、表現不凡，應當大有一番作為才是，然，隨著歲月的增長，心中的雄心大志淡然了，如耳邊的清風一一消逝得無影無蹤，只剩小小的期盼：我的家庭真可愛，整潔美滿又安康。現今女兒有美好的歸宿，並育有兩位小帥哥，女婿當年是人人皆稱「既帥又年輕」的課長，女兒在「夫婿帥、兒子更帥」之下相夫教子，一家人和樂融融，我心頗感安慰。而大兒子從軍報國，媳婦經營花嫁工坊，為金門地區知名的新娘祕書，並育有一兒一女，生活美滿；小兒子擁有很好的職業，亦有不錯的女友穩定交往中。這一切都讓我心感滿足、感恩無限！

如今，我過著再簡單不過的退休生活，享受著簡單的幸福。若能三五好友打個小牌，或烹調美食、享受人生，或結伴出國旅遊、浪跡天涯，我就感到心滿意足，特別開懷了。甚或到廈門享受個按摩樂，疏通一下筋骨，嚐嚐「小肥羊」的美食，這就是我人生最大的享受了。偶而參與宗教性的活動，參禪禮佛，唱唱歌，並經常性的運動，快走健身。想想人生幾何，特別是在經過種種生老病死之後，更加體悟人生的無常，因此，除了健康的飲食、維持健康的身心之外，依然要讓生命發光發熱、燦爛輝煌，雖然往事只能回味、雖然夕陽無限好，但我們仍要好好的把握當下，追求身心靈至高無上的境界，才不負此生！

金門日報　二〇一三年二月一日

風流總被雨打風吹去

盤山泛指頂堡、下堡及前厝三個自然村，而座落於頂堡、下堡之間，並作為頂堡、下堡之間分界線的金西戲院、頂堡公園，以及金西戲院前的司令台及司令台前的廣場，在四、五十年代裡說得上是「叱吒風雲、權傾一時」的重要集會地點，舉凡一些重點活動都在這裡舉行。

在當年毫無育樂可言的年代裡，能夠看上一場「聲、光、影」匯聚一堂的電影可真是享受啊！所以金西戲院就順應時代潮流成了盛極一時、熱鬧滾滾的大戲院了，而金西戲院所在地的盤山、下堡也隨之成為那個年代裡金門首屈一指的鄉村城市，車水馬龍，人群絡繹不絕，盛況較之於現今金門最熱鬧的金城鎮，有過之而無不及。當《梁山伯與祝英台》這賺人熱淚、老少皆愛的影片播映期間，幾乎是場場爆滿，一票難求。我家就在金西戲院廣場左前方，居於天時地利人和之下，自然而然的成了眾親友請託購票的對象，而我們這些小孩子便是供大人差遣的最佳跑腿。因為經常跑電影院，「一回生、二回熟」，於是與售票人員建立了友善的關係，買票就相當容易哩！能有服務表現的機會，又得大人的稱讚，小孩們可是樂在其中而不疲，當年純樸的金門好像沒有所謂的「黃牛票」，否則就賺翻了（一笑）。

由於《梁祝》令人看它千遍也不厭倦，應觀眾要求，播映期長達一星期之久（當時電影院由軍方經營，影片從台灣寄達，輪流在各家電影院播放，通常只播映一天即下片，所以，天天有新片可看，看電影比看書還勤快呢！）誇張的是，《梁祝》迷天天報到，場場出席，買不到座票的人只好買「站票」了（票價一樣，能進場欣賞，但無座位可坐）。因為站票無限量供應，那萬頭攢動的場面可真是壯觀。當時無所謂空調設備，在密閉的空間中長時間悶燒，散場時，人群摩肩接踵，連呼吸都感困難啊！而襁褓中的嬰兒及小小朋友的小鞋子、小拖鞋、小東西……等，常常是被擠丟了一地，等待「失物招領」；待擠出戲院，看那通往金城的頂林路上，井然有序、蜿蜒不息的巨條人龍，蔚為一時奇景，幾可與西門町相媲美！

因著《梁祝》的關係，黃梅調隨之盛行於民間，大街小巷不時可以聽到播放《梁祝》唱片的音樂聲響，久而久之，大家都能哼哼唱唱，演唱一段。後來有人藉用這個調子，配上自己的詞兒，改編成最受歡迎的應景曲子，於是大家群起仿效，一時之間，人人儼然都成了急智歌王、歌后。而流傳最廣最普遍的就是「生日快樂」歌了，在英文版、中文版之外，再加上黃梅調版，既實用，又能引起共鳴。隨著一遍又一遍的「生日快樂」歌聲，大家把心中誠摯的祝福揮灑得淋漓盡致，不僅壽星感受到滿滿的溫馨，在場的祝賀者個個也樂開懷。「黃梅調生日祝歌」堪稱為應運而生的時代產物吧？時過境遷，它依然迴旋、蕩漾在那時代的兒女們心間，每當它的旋律響起，即令人不自覺地划向美麗的記憶長河，在往日的情懷裡漫溯。

再說到金西戲院前的頂堡公園，當年好像也沒啥名稱可言，我們只管叫它「公園」罷了，且它位在頂堡、下堡之間，真是難分辨其歸屬範圍。由於當年仍屬軍管時期，所以一切皆由軍方來規劃、整理、打掃。公園最大的地標為園內的「精忠堡」，當時年紀小，眼中的「精忠堡」是何等的宏偉，只見軍人得以出入其中，相當好奇這祕密基地裡到底藏有多少祕密呢？它真是小小心靈裡莫測高深的神隱世界啊！

國中階段，正逢十二年國教於金門地區首度實施，由於校舍尚未建妥，學長們暫借金沙國中就讀，等我們入學後，就與我們一起在權充教室用的下堡宗祠、及民房上課，一切因陋就簡、克難至極。記得國一時我們的教室是借用下堡西的翁氏宗祠，教室與辦公室僅以公文鐵櫃隔間，而另一邊就是深井了，不但毫無隱私可言，且冬天裡，從深井吹來的冷風呼呼作響，說多冷就有多冷。也由於隔間效果欠佳，所以早自習時，同學們的一點點聲響，一絲絲的風吹草動，辦公室裡都聽得一清二楚，清晰可辨，或許是我們班太吵了，所以被安排在辦公室隔壁，方便就近看管吧。有一回早自習時，「愛講話」的我不知跟哪位同學聊天，竟被國文老師馬老師抓了個包，所以就被趕鴨子上架，代表班上參加一年級的演講比賽，沒想到我竟抱回第一名的獎項，真不辱老師「慧眼」識「英雄」哩！（偷笑一下！）不過當時都是寫好稿子，背熟之後再上台復誦一番即可，哪像現在的孩子這麼高竿，一律機智演講，臨上台前才給題目，若沒有兩把刷子怎罩得住？記得那天的比賽就在「精忠堡」前的廣場，也是我們平常的升旗廣場，我站在臺上，無視臺下上百隻眼睛，口若懸河，威風凜凜……，啊！往事歷歷，回憶起，多麼甜蜜呀！

無校舍的學生就像無殼蝸牛的孩子，都要學會隨遇而安、自求多福，沒有運動場，那麼公園及司令台前的廣場就權當我們嬉戲的處所吧！在這簡單不過的場地上，我們可以追逐玩樂個老半天，享受著簡單的幸福，小孩子就是這麼容易滿足。而我家門口現成的籃球場也順理成章的成了我們上體育課、運動健身的好地方，那時大家都能安於現狀，沒有過多的奢求與想望，好像個個都傻呼呼的，正所謂「知足則常樂」。在那貧窮的時代，我們依然有過一段無憂無慮、快樂的國中生涯。

高中階段，每天就在「精忠堡」晨間六點準時播放的〈金門之聲〉或軍歌之類的愛國歌曲中醒來，這優美的樂聲勝過於鬧鐘急促的催促聲，也比鬧鐘還要來得準確無誤呢！就因再三地聆聽，像廣告歌曲般地刺激、反應；反應、刺激，因而這些歌曲悄悄內化在心中，隨口一哼，皆能字正腔圓、氣勢高昂地高歌一曲。前不久金門縣合唱團於成功大學演出時，金門大學　李校長上台致詞說：「我們當年都是聽〈金門之聲〉長大的。」真不愧是道地的戰地兒女！當年這些歌曲如暮鼓晨鐘般地每日叮嚀我們與國家共存亡，愛國情操早已淪肌浹髓、根深蒂固在金門兒女的心中了。

再談到戲院前的司令臺及臺前的廣場，在小小的心靈中，它實在是廣大無邊啊！每在農曆年前一個月左右，就能深深感受到年節的氣氛了，這裡不但是練習的場所，也是表演的場所，所有過年的遊藝節目全在這裡輪番上陣。單是練習時，聽那響徹雲霄的鑼鼓聲，再看那川流不息的人潮，就不難想像春節來時的熱鬧景象了。這也真是樂壞了我們一群愛看「熱鬧」的小朋友，每日盯著表演者從不成熟的演練一直看到高級長官親臨會場的正式演出，在沒有娛樂的年代裡，這就是我們最大的享樂，難怪我們是如此的百看不厭、陶醉在其中。

除此，這司令台也是播放影片的場所，當年軍方都會巡迴各地免費播放影片給村民觀賞，從默劇演到有聲影片，直到有了電影院，他們才卸下任務。記得那超大的銀幕隨風飄搖，銀幕中的景色、人物也隨著起皺、變形，我們依然看得津津有味。而小朋友都喜歡擠到銀幕前，免被大人們或高個兒擋住視線，一旦遇上驚悚畫面，無不是驚叫連連，縮擠成一團，真是又愛又怕啊！到底想看或不想看呢？讓人費猜疑，這就是小朋友可愛純真之處。

還有軍中的康樂隊，總會定時地在司令臺前作表演，娛樂軍民；也常有不定時自台來金勞軍的藝工隊、影歌星，那可就是大陣仗的氣勢了，常引來四方賓客，臺前人山人海、盛況非凡！軍人的隊伍通常整齊地坐在司令臺前的中間位置，四周則層層圍繞著百姓人家，這對於愛看熱鬧的小個兒可辛苦了，任憑你怎麼地探頭探腦、引頸瞧盼，也難突破眼前的人牆，所以，聰明人家乾脆自家中搬來長條高椅子，可站上二至三人，那就高人一等，視野開闊了。但這都比不上我家的屋頂，站在厝頂上往前一看，司令臺前的景象一覽無遺，可謂得天獨厚的「包廂」呢！即便是鄰居也無法與我家相比，因為我家的地理位置最適宜居高臨視廣場。值得一提的是，當年的學生也經常加入勞軍的行列，慰問勞苦功高的三軍將士，司令臺就成了最佳巡迴表演的場所，我家二姐一舞〈昭君出塞〉（民族舞蹈）不知風靡多少觀眾，贏得多少掌聲啊！

此外，軍方的裝備檢查、出操演練；民方的民防自衛隊、婦女隊的操練；還有全縣的笛鼓隊比賽，都曾借用司令臺前的廣場作為比賽場地。每當兒童節到來，全鄉的小朋友都前來此地參加慶祝大會，領禮物、看電影。這兒更是我們當年學騎腳踏車的最佳廣場，因它的場地夠大、夠寬敞。想當年這廣場何等風光，是無可替代的最佳活動場所，而今竟淪為停泊遊覽車的停車場，堆放著一堆等待發送的石桌、石椅，任其風吹日曬雨淋；而司令臺也早已廢棄不用，閒置在那兒多年，乏人維護整修，猶如深宮怨婦，獨個兒看著日升日落，春去秋來，徒嘆奈何。唉！滄海桑田，感傷多多啊！

金西戲院亦然，欠缺急起直追的求新精神，跟不上時代潮流之後，也漸被淘汰，最終在錄影帶猖狂、網路大行其道的新世界裡，銷聲匿跡了多年。聽說戲院佔用地目前已歸還百姓，從此，「金西戲院」永遠歸回平靜，遺忘於人間，只留存在四、五年級人們的心中，昔日的風華都被澎湃洶湧的料羅灣潮水淘洗盡了，此情此景，可待成追憶……。

而公園內，當年亦曾經是我們盤山「三巨頭」——亞金、玉昭與我三人經常聚會之處所，當時大家各據一方，一住下堡西、一住頂堡西，而我住下堡東，這與精忠堡等距離的三足鼎立，饒有興味。每於晚間，我們必定聚會於公園內，圍坐在精忠堡旁的一張圓桌召開「圓桌會議」，偶而也會有路過友人加入「會議」，我們從天南聊到地北，無話不說，無所不談——好一個說不完、也談不厭的年紀！青春年少，意氣風發，又愛做夢，即便是數著天上的星星也感到十分愜意啊！隨著時光流逝，大家各奔前程，嫁往他鄉，如今兒女成群，再無機會聚首於精忠堡前話當年了。

往事歷歷，宛如昨日，而今重遊舊地，公園內的炮壘、蹺蹺板、溜滑梯、旋轉飛機、石桌石椅、參天古木、花花草草，還有陪我們走過國、高中年華的精忠堡，依然在記憶中美麗如天上的彩虹。然而所見景物已不復往昔，成了乏人照料的廢棄公園，最是叫人傷懷！這公園一如金西戲院、司令臺及司令臺前的廣場，一一走入歷史的軌跡了，它已功成身退，沉潛於人世間，徒留予人心中無限的眷戀。啊！哪一天它能再現昔日風華呢？

金門日報 二〇一二年十二月二十三日

下卷

生活偶拾

風雨生信心

一年一度的金酒馬拉松賽事終於在大家的期盼中來到，掐指一算，今年已邁入第五個年頭了。今年不同於往年，可是「未演先轟動」，許是連假效應，或是「馬英九旋風」使然，在報名截止日之前早已額滿，讓有心參賽的選手們大失所望，真是遺憾之至！只有期待來年，下回務必請早囉！

今年的寒流不斷，一波又一波，特別是海島型氣候的浯島金門，早晚溫差大，讓人不堪其擾，抵擋不住的風寒更是讓人直呼：「好冷！好冷！」也許寒流也想親睹馬英九的丰采吧！它竟也趕集似地在這關鍵時刻湊上一腳。雖然寒流來襲，但依然抵擋不了大家這顆炙熱的心與參賽的意願，對我來說，是極度不捨溫熱的被窩而起個大早，雖然只是毛毛細雨，但是在寒流頻頻示威且又夾雜著東北季風強力吹襲，兩相交織、相互夾攻之下，這一番折騰可也是非同小可，不啻是一項嚴厲的考驗啊！然而，對外子來說，這正是他表現的大好機會，因為平素就訓練自己以風雨為師，以效法天地的運轉作息為能事，早已達到風雨無阻，無視於任何橫逆存在的境界，所以這樣的天候正是他展現實力的大好機會，是阻力亦是一大助力！因為風雨為他帶來了信心，激發了他的潛力，亦助長了他的氣勢，讓他的鬥志更昂揚，可以大大地敞開心胸接受挑戰。

馬拉松賽事是金門的第一大盛事，亦是國際間的一大賽事，舉凡海內、海外、兩岸三地，所有高手全部齊聚一堂，共襄盛舉，人潮之多，可想而知，所以，我們的車子只能停在距金門大學一、兩公里之遙的路邊。當我們抵達現場，早已是人山人海，選手們都已就定位，有的自行先做柔軟操、拉拉筋骨、暖暖身，驅除寒氣，或與競賽好手們交換心得與建言，謀求佳績再現，熱絡的氣氛不但溫暖了人心，也驅走了寒意。緊接著，馬總統蒞臨會場，向鄉親們問好，也為全體參賽者加油打氣，經過一番訓勉，大家更加地熱力活現，信心十足，無視於淒風苦雨的存在。全體參賽者在風雨洗禮中，配合主辦單位專人的帶動，一起做暖身操，活動筋骨，以便迎接比賽。瞧！馬總統矯健的身手，一舉手、一投足，一點也不含糊，動作是這般的乾淨俐落，強勁有力，好像預先偷偷練習過似的，真是要得！這麼冷的天氣，起個大早，與全民共同見證這偉大的一刻，不但是上行下效的最佳詮釋，亦為全民樹立了良好典範，大家無不豎起大拇指，稱讚萬分！特別是前一晚的Home Stay更是贏得了親民、愛民的好口碑，這一天真是金門人歡欣雷動、引以為榮的開心日子！

緊張的時刻到了，馬總統為大會鳴槍起跑，由於選手身上都帶著晶片計時器，非得通過起跑線才開始計時不可，所以大家不必爭先，必也各憑本事，全力以赴，締造佳績，所以其爭必也君子乎，實在讓人無限心儀，也叫人讚嘆萬分！真的！如今我們所處的社會，不再是單打獨鬥，早已是展現團隊精神、齊力完成共業的大時代了，所呈現的是共存、共榮的遠景，不應再行論斤計兩、破壞團體進步的勾當，大家唯有捨小我、成就大我，方能成就一番偉大事業。而馬拉松賽事所表現的精神，就是「自我挑戰」、「戰勝自我」的一項考驗，想想如此遙遠的距離──四十二•一九五公里，光是開車就要花多久的時間啊！而參賽的選手們卻是用他們的一步一腳印，確確實實地完成了歷史的見證，成就了一張又一張、一次又一次的證書與紀錄，也為自己的人生篇章留下璀璨的一頁，讓人歌頌、讚美！無怪乎吸引全球愛跑人士來參與，他們個個都具有「阿甘精神」──不爭名、不奪利，只為挑戰自我成績，那是為自己而戰、為自己而跑啊！

外子歷年來也參與了全程與半程馬拉松賽，今年由於工作的關係及時間上的不允許，所以選擇性的參加了十一•二公里的路跑，去年得到分齡組的第二名，今年再創佳績，得到分齡組的第一名，且成績還往前推進些許，這份鬥志與參賽的意願真叫人佩服！人的體能往往隨著年齡的增長而有變化，不可能永遠保有青春，也不能永遠維持青春不老的體能，因而分齡賽是對選手們的一大鼓舞，讓競賽者在齊一的生理水平線上展現自我，公平競爭，所以，大會為鼓勵長青組（男七十歲以上、女六十歲以上）報名參加，必也重重有賞，因而長青組的馬拉松、半程馬拉松及十一·二公里組皆各錄取前十名（其他分齡組只錄取兩名）以資鼓勵，真是用心良苦、立意甚佳！這些長青組的選手們一上場就讓人刮目相看，真是老當益壯、讓人佩服又羨慕！此時，在我心中不由得浮現一片遠景，並私下立下志願，暗自期許著：自今而後，若能隨著外子一起好好地跑、耐心地練，他日時機成熟，參與長青組，只要能跑完全程，必能有一番佳績展現。然而，再細細反思一下，隨著歲月的增長，對大家來說，一年一歲，兩年三歲，歲月可是不饒人的，要面對的將是一份不可能的挑戰啊！只好將之寄望於夢中了。

對於參賽者，我深深有感於大家共同的信念都是：志在參加，自我超越，成績其次。這份認同讓我十分欣賞！我也年年參加五公里的健康休閒組、也曾有過跑完運動場二十圈的紀錄，但如今已停滯多年，不再以跑步健身，僅以快走代替慢跑，此次亦是參加快步走完五公里的賽程。然而，體力上呈現出大不如前的訊號，才走完幾公里，大腿已是酸疼不已，因此，讓我有感於「羅馬真的不是一天造成的」，若非不間斷地長期訓練，是不可能有好成績出現的，設若只是兩天打魚、三天曬網，那根本跑不完全程。所以，選手們不但要將運動生活化，還要時時突破自己、刷新自己所締造的成績，真是不容易啊！

然而，不是我高估馬拉松賽，它的確不是一般常人得以參賽的項目，若非長期的訓練再訓練，如何能夠跑完全程？所以，直到中午時分，當我行經伯玉路上時，選手們還在路上奮力衝刺呢！有些選手們早已體力耗盡，只得拖著疲憊的步伐慢慢前行，他們還是奮力闡揚運動家的精神——勝不驕、敗不餒地走完全程；有的許是夫妻檔吧？看他們相互陪伴到終點，真是無限感人！讓我情不自禁的搖下車窗，由衷的為他們大喊：「加油！加油！加油！」真真是佩服萬分！他們所為何來？為的只是自我挑戰，戰勝自我啊！經歷一次馬拉松賽，就好比歷劫歸來、脫胎換骨般地再獲重生，那份暢快淋漓的舒坦、自在，又豈是外人得以分享的啊！心中除了佩服，還是佩服！

當然，話說回來，能夠起個大早，參與健康休閒組的選手們也是十分令人讚賞的，休閒組的年齡層，可是從嬰兒到老年兼而有之，我就發現有襁褓中的嬰兒坐在手推車上被推著走，這位媽媽真是有心人啊！不惜克服一切困難，風雨無阻地攜兒帶女來參加這一年一度在金門舉辦的馬拉松盛會，這份精神真是了不起。真的，在自家門口舉行的盛會，哪有不共襄盛舉的道理呢！這亦是全民表現金門精神的最佳時機。還有一位三、四歲的小朋友也隨著爸爸走完全程，爸爸牽著他的小手，一路上和顏悅色，耐性地鼓勵孩子走完全程，小朋友也就一步步地跟上行程，真是不容易也，那一幕場景著實叫人感動！換成我是那位爸爸，我是否也能夠呢？這位深具耐心的爸爸應該得模範父親獎才是，只是我心裡疑惑：這麼遠的距離，對孩童來說，適合嗎？會不會累著他們稚嫩的小腳？但，這位小朋友不怕難的精神，我還是會為他拍拍手、讚美一番。而夫妻同行的夫妻檔更是比比皆是，令人稱羨！在時代的引領、民風的帶動下，大家皆以運動強身為前提，您瞧那運動場上，放眼望去，皆是夫妻並肩，在跑道上一圈又一圈的風雨同行、相互扶持，有的還真是有訴說不盡的綿綿情話呢，跑步為他們感情加了分，使他們感情一如當年，真是驗證了「少年夫妻老來伴」的箴言啊。夫妻同跑不但運動成效佳，也較能持久，所以「飯後百餘步、健康有保固」，還得有賴夫妻同行、全家一起來帶動風潮。大家走呀走的，走出了健康、走出了活力，也走出了美麗的人生！

國際馬拉松比賽，真是叫好又叫座，不但將金酒行銷出去，也帶動了觀光產業、促進了地方繁榮，更是在國際間為金門樹立了一席不敗之地，直讓人拍手稱讚！這種大型的國際性比賽，具有非比尋常的意義，應該要多多舉行，它的確為金門帶來不少周邊效益，因而，行銷金門，一切都得先做好完善的準備，特別是硬體的設備。聽聞來金參賽、順道觀光的選手們談及，早在一、兩個月前就得先行訂好機位與房間，有些來到金門才訂房的，根本就是一房難求，所以如果欠缺足夠的因應空間、完善的導航設備，要發展地區的觀光事業也就難上加難了，所以，為了金門明天會更好，首要之務就是金門要努力建設、強力發展，以因應隨時可能到來的諸多變局。

雖然，馬拉松賽事已告一段落，但，運動的風氣早已隨著馬拉松賽在浯島的每一角落裡生根、萌芽，每當瞧見於伯玉路上大顯身手的路跑者、選手們，皆讓我不得不發自內心的佩服他們那一股能耐與鬥志，馬拉松的精神完全在他們充沛的活力中綻放無遺。而我更加欣賞馬總統在日理萬機之餘還能撥冗參與全民路跑盛會，完全無畏於風雨的猖狂，還身穿短褲，真是勇猛無敵，率先起帶頭示範作用，不但助長了路跑的風氣，也為自己締造了佳績，心中除了佩服，還有一份深深的感動。此次的風雨，為全民帶來了信心、也帶來了希望，我們在風雨中一起見證了奇蹟和無窮希望的未來。

金門日報　二〇一二年七月十八日

感恩再出發

集結成冊的〈一曲鄉音情未了〉有幸通過金門縣文化局九十九年贊助地方文獻出版審查委員會的審核，即將出版、問世，讓我得以嘗試「出書」的艱辛，也享受到出書的甜蜜與喜悅，若非經過「出書」階段，很難想像製作一本書，其過程的繁瑣與艱辛，有道是：經一事、長一智。對我來說，這真是一個難得的經驗，不啻是天上掉下來的禮物啊！心中喜悅自是不在話下，夢裡都會笑呢！

原先總以為將一些文章一一列印出來送審即可，經過陳先生的指點，方知要先訂出書名，（透過陳先生冷靜的思維，從所有篇名中選出〈一曲鄉音情未了〉作為書名，幫我解決了一大難題），再將內容分個幾大類，作為編排目錄的依據，最後還得裝訂成冊，就像一本書一樣……等，由於時間緊迫，原本想放棄，但還是趕集似的趕在最後一天完成送審手續，心中如釋重負，好似完成一件大事般的輕鬆、欣慰，回家靜待佳音。

回憶當年，三哥要我寫篇紀念先父的文章，當時實在難以推辭，且難以下筆，因為，自己從來不曾投稿，又許久不復腦力激盪了，如何寫得出文章來呢？所以三哥遞給我有關民國六十五年〈金門日報〉報導先父的資料就被我暫擱一旁了。雖然如此，我還是刻刻惦記著這件事，總覺得「受人之託」，當要有去完成它的責任感，更何況是撰寫自身體驗最深刻的父親生前事，這是無可推諉的啊！歲月如梭，一晃又是幾年，就在三哥再度當選「好人好事」代表、婉拒合唱團登報道賀的當下，興起了我為文道賀的渴望與意念。初次嘗試，著實膽怯，且諸多心虛，復經劉老師的指導，順利將稿子寄出，幾天之後，僥倖的順利過關，得到翁主編的青睞，刊登在金門日報，這人生的第一次，帶給我的是非比尋常的喜悅，和無比的信心，意義十分重大，亦是往後繼續筆耕的原動力，這看似微不足道的一小步，卻是我日後寫作生涯的一大步。

有了〈我家三哥〉，接著〈永懷先父〉、〈感恩無限　手足情深〉、〈思親情懷淚滿襟〉……等等，往日情懷就像倒帶機般的一一浮現腦際。親友們總是讚嘆我的好記憶，陳年往事依然記憶如新，且有幸得到劉老師、陳老師的殷殷指導，讓我有所依恃而大膽發揮；每當看到文章出現在金門日報或金門文藝，總會接到親友們、學生們打來加油、打氣的電話，每一通電話帶給我的都是莫大的振奮與鼓舞；甚而喝喜酒與昔日同事、高中老師或親朋好友們同席時，他們亦不吝頻頻捎來讚美之詞，但它最終依然化為一股支撐的力量，Push我向前邁進。

所謂：積沙成塔、積少成多。我竟慢慢的累積了足以集結成冊的文章數量，這都是由於劉老師的鼓舞，她總是說：「將來集結這些文章還可出一本書呢！」對我來說，這可是如天方夜譚般的不可思議啊！雖然當下是有些許心動，但，那畢竟是海市蜃樓般的虛無飄渺啊！而今，她的話竟已成真，是歡欣、是喜悅，可見老師的鼓舞釋放出莫大的能量，一句話語，造就了一個天堂。

學生時代常聽聞老師或學者專家老是強調著：現在是知識爆發的時代，即便是窮畢生的力量亦無法博覽群籍，而序文乃精華之所在，只要讀畢序文就知書中梗概，因而，可想而知序文對於一本書之重要性；又從每本書中都可發現有學者、專家為書作序，所以使得我也有樣學樣的興起請人寫序文的意念。幸運的我得到金門文壇老前輩──陳長慶先生的首肯，為〈一曲鄉音情未了〉作序，這份恩寵讓我永誌難忘！

金門是個小地方，幾經攀親拉故，大家都是一家親，雖不十分熟識，但亦不陌生，他家千金和小女曾是小學同學，他家大姨子是我大哥的學生，而陳先生在金門文壇史上可稱得上是首屈一指的大文豪，無人不知、無人不曉，他的名聲早已如雷貫耳、令人欽佩！不但常拜讀他的大作，也常讀到他為人作序的文章，所以也就膽敢冒昧邀稿了。如今有幸得到他所做的序文，真是三生有幸，叫我感動莫名！

不僅是我有如此深刻的感受，當〈源自心靈深處的樂章〉刊登在金門日報上時，我家兄姊們聚會於大姐家，聽三哥敘說文章內容時，言談中幾次感動得淚眼盈眶（因我人在巴黎，由二姐轉述得知），何其感性的三哥啊！聽聞之後，我絲毫不覺訝異，因當我讀罷此文時，亦強忍著奪框熱淚，深深地感動良久、良久……，也許閱讀的角度不同，感受自然就大不同了。又金門縣合唱團的朋友們亦爭相告知此篇文章，特別是陳總幹事還特別叮嚀我，要好好謝謝陳先生對你文章的推薦有加以及對金門縣合唱團的諸多著墨。當然還有一些好友也都捎來感動的話語，還幫我把剪報文章留著呢，由此，讓我們見識了文章那股莫之能禦的力量，陳先生真不愧是金門文壇史上的老前輩啊！此時此刻依然是深深地感動，潛藏在我內心深處，對於陳先生除了佩服，還有深深的感恩！

除此，他更是勉勵我在寫作路上繼續努力、永不懈怠，不論寫多、寫少，日後必能展現出可觀的成績來，我們雖非科班出身，但就因為沒有背負著光環的壓力，所以更能自由自在的揮灑，文學是一種創作，所以空間自然廣大無邊，我們要珍惜無負擔的創作空間，至少它讓人樂在其中，我們不但享受寫作的樂趣，也沾染了那份刊載在報章雜誌上的喜悅……。他對後輩的提攜與鼓勵更是叫我深深感動，雖然我已不復是年輕氣盛、意氣風發的少年家了。交談之後更加的發覺他是如此的謙虛、平易近人，讓人樂於親近，真有「與君一席話，勝讀十年書」之嘆！

再來就是享譽出版界的翁翁小弟，他是好友亞金最小的弟弟，從小就具有繪畫的天份，進入復興美工之後，更是學有專精，如虎添翼般的在出版界揮灑長才，享有一席之美譽。當我獲選可以出書的當下，第一個就想到找他為我安排出版事宜，並請他代為作序。其文筆不凡，又知我文甚深，讓我感受大不同。翁翁從國中畢業即赴台升學、就業至今，所以不知我的名字一改再改的外一章傳奇，也或許他始終認為我原來的名字較具親和力，有一股濃得化不開的家鄉氣息吧！因此翁翁為我拙作〈一曲鄉音情未了〉作序時，稱呼我以「茶梅」或「一梅」，這都是我之前的名字，如今我已更名為「維璐」了。

常言道：老婆是別人的好，文章是自己的好。當我面臨校稿的過程中，越發覺得自身的不足與欠缺，所以每次校稿都得再花上一段時間加以修改，經過再三的校稿之後，才將之送出，雖然尚不十分完美，仍有諸多值得商榷的地方，但也無可多加詬病了，因為我已盡力為之了，就將它當作是現階段的成績單和一時的紀錄吧，並作為日後繼續創作，突破紀錄、展現另一次高峰的借鏡。今後，唯有努力加餐食，多讀、多寫，才不會有「書到用時方恨少」、「語拙詞窮」之嘆！更祈求戮力耕耘再出發。

整本書經過翁翁的慧心設計之後，醜小鴨果真變成了天鵝，讓我訝異到不行，每篇文章還提綱挈領的舉出重點、佳句，作為引導，讓人對文章有更深刻的感受，我想：其間必也花上翁翁諸多心思，就這樣的經過用心的整理、裝扮，一本書的雛型終於呈現了，專業就是專業，讓我只有佩服啊！再加上封面設計來裝修門面，您就不難想像這本新書出爐的面貌。我的第一本新書終於應運而生、如期出版了，當下這一刻，充塞於心中的唯有感激和歡欣的淚水。

人生有夢最美，築夢踏實。人亦因夢想而偉大，它的確是一股邁向成功不可或缺的推動力量。就因這夢想，讓我美夢成真，如今我的另一個夢想也正在醞釀中，那是希望的遠景，有了希望，就有了追尋的目標，人生就更加有意義了。今後，我將更加努力，努力不是口號，而是辛勤耕耘、再出發。

金門日報　二〇一〇年九月二十五日

人生轉彎處的驚喜

人生有諸多不可預期的喜悅，讓人喜出望外，恰似柳暗花明般的，帶來意外的驚喜與震撼！人生更是一串串的感動，讓人招架不住心中澎湃、激盪的情懷與無盡的感恩，在在都是人世間溫馨、感人的層面，不但溫熱了人心，也帶來歡欣無數，心中除了感恩，還是感恩！

我的人生際遇，雖然有阻撓、有困頓，但我相信那是磨練心智與成長的大好機會，它伴隨著我、激勵著我日漸成熟與茁壯，當然也帶來料所不及的驚喜，這份偶然拾獲的驚喜讓人更加謙卑，亦更加的深感自身的不足，感謝熱情親友們的支持、鼓勵，陪我度過了難關，也一起分享了這份甜蜜的喜悅。

日前甫集結成冊的〈一曲鄉音情未了〉，有幸通過金門縣文化局九十九年贊助地方文獻出版審查委員會的審核，即將出版，對我來說，這不啻是天上掉下來的禮物，讓我「受寵若驚」，心中的興奮溢於言表。又幾乎是同時間，外子也即將從職場告一段落，繼續開創人生事業的第二春——安仁家醫科、內科診所，這看似階段性的輝煌落幕，卻又是另一段人生旅程的起點、再一次的重新出發，恰似在人生旅程的轉角處發現新天地——「為民服務」的標的正頻頻的在向他揮手致意呢。這在在都帶來人生的激盪、起伏，道不盡的恩寵，說不完的感恩，點滴在心頭，難以或忘。

從無到有是一種創造，一種發明，那是外子始終欣羨與讚賞的。他認為發明、創造出來的東西就像新生命般的具有生命力，是了不起、有價值的成就，具有崇高的意義。而寫作就是一種創作，不但具有綿密的生命延展力，也具有傳承的使命感；而「安仁診所」的問世亦屬一種新生，不但擴充了便民的機制，也增加為民服務的機會，以便服務更多的人群，嘉惠更多的子民；他本著「視病猶親」、「人病己病」的精神來為大眾服務。疑難雜症是他最樂意鑽研的Case，因為藉此更能引領他「更上一層樓」，而研究有所得後的喜悅自是難以言喻的。看他一頭栽入工作的狂熱，猶如「蠻牛」般，永遠體能充沛，實在讓人讚嘆、訝異與佩服，若非有高度的服務熱忱，何以致之？因而，「安仁診所」對外子來說，是責任的加重，亦是一種回饋的崇高使命感，誠如親友贈送的匾額：「任重道遠」，恰如其分的與其匹配。

如今〈一曲鄉音情未了〉算是孕育成功，雛型已定。但，安仁家醫科內科診所才開始孕育中。所謂萬事起頭難，此正足以考驗一個人的能耐，因而，百廢待舉，應興、應革事件多如天上繁星啊！沒有三頭六臂是難以竟全功的，但是，此時此刻，遠在巴黎的小女突發急性闌尾炎復引發腹膜炎，我必須遠征巴黎就近照顧，所以建立「安仁診所」的重責大任全落在外子一人身上，待我返回，「安仁」已近滿月。經歷此一事件，不但考驗出外子的能耐，也激發出其內在不為人知的無窮潛力，相對地亦凸顯其傲人的能力來，難怪好多親友一見面總是頻頻向我讚嘆，一則誇讚其能力，再則不捨其過度辛勞。

常言道：天助自助。真的！除了自身的能耐，冥冥之中亦擁有來自四面八方的諸多庇蔭，諸如親朋好友們的多方協助，以及親情背後的無形推力，在在都是一股不可或缺的助力啊！基於此，方能順利的如期開幕運作，服務大眾，其中漢昌大哥居功厥偉，讓我永誌不忘！他們眾兄弟之間的情誼可謂手足情深、無懈可擊，平常雖不見「五四三」的閒聊，但兄友弟恭，和睦相處，在需要幫忙的時候，總是默默的、盡心盡力的協助，無怨無悔的付出，這份手足之情最是難能可貴！

此時此刻，雖然我人在國外，卻深深地感受到親朋好友給予的肯定與祝福，溫情像潮水般的湧進心田，話語道不盡心中的謝意，禿筆亦表達不全我心中之感動！只有感恩，再無其他！今後，唯有以加倍的服務熱忱回報鄉親們奔放的熱情，因而星期六、日，「安仁」依然提供最佳品質的服務（週五休診），為的是給予鄉親更多的方便與服務，亦希望疼惜「安仁」的親朋好友們隨時給予寶貴的建言，讓「安仁」更茁壯、服務品質趨於「零缺點」。

近日裡我都於晚間給許醫師送上一份「愛心便當」，順道幫忙打雜兼掛號，對我來說，服務於診所是件蠻開心的工作，新鮮又有趣，神聖又崇高，他不同於大醫院，人滿為患，掛完號就在候診室裡枯坐、等待，讓人百無聊賴；小診所的溫馨就在我與候診病患於等待時刻的「哈啦」，由於不是那麼稠密的人潮，沒有那份擁擠的壓迫感，所以顯得格外舒適，且藉著熱絡的「哈啦」，不但拉近了彼此的距離，也建立了良好的互動關係，還可藉機經驗傳輸、交換有無，彼此受益、互惠；從「您好！」到「慢走！」之間的短暫互動，不但讓我留下深刻體悟，也滿溢著美好的溫馨感受。特別是現階段的我，除了運動健身、遊山玩水，更需要走入人群，擁抱人群，去感受那份「旺旺」的人氣，並多方體驗不一樣的生活型態，我深深以為和人群接觸是一種高尚的體驗，等同於擔任「義工」這項偉大的服務情操，而擔任義工、服務大眾正是現階段的我心嚮往之的工作，但卻因害羞而遲遲未能付諸實現，如今在自家診所就顯得順理成章而坦然自若、理所當然了。

而金門也實在太小，五百年前都是一家親，所以一聊之下，哦！原來她是國中同學的姊姊；哦！原來他是宗族大哥、宗族大叔，甚或有些依輩份論要稱呼我為「姑婆」的呢……；還有的是國小教過的學生，如今已為人妻，為人母，可是一位賢妻良母呢；還有醜小鴨變帥哥，而老師竟對他不復當年記憶…等等，當然亦不乏一些來金門旅遊的觀光客，他們總是興奮的說：「你們不收掛號費哦！這麼好！」充分顯露出感恩之情，讓我亦感到無比的驕傲與欣慰！「施與受」之間原來是這般的神奇、美妙！金門不但福利好，如今又外加一項免掛號費，真不愧是名符其實的福利島啊！

還有可愛的「阿兵哥」們，該是一班吧（常說九條好漢在一班），因群聚感染到眼睛，來「安仁」作檢查。雖然不是在部隊裡，但，他們依然井然有序的排好隊伍，等待掛號，等待就診，好可愛哦！這該歸功於成功嶺上訓練有素吧。有一晚，為時已晚，已經拉下鐵門，準備打道回府了，赫然瞧見一位連長帶著一位弟兄急匆匆的前來看診，因有異物飛進眼睛，使得雙眼緊閉、無法睜開，院長二話不說，再次打開鐵捲門，不到三分鐘光景，馬上為其取出異物，重見光明。這份救人救急的精神讓人感佩，以至於贏得這位連長的信服與感恩，一有問題必找「安仁」，算算也來過三次以上了吧，我對他也從陌生到熟稔。而外子的服務精神讓人心服、滿意，不但展現所學，換來成就感，且「快速」為人解除病痛，特別是那容不下一粒沙子的靈魂之窗，更加的讓人感動莫名，這份真誠的付出為「施比受更有福」做了最佳的詮釋！我身歷其境亦深感與有榮焉呢！

再說，來此看診的病患都相當的有禮貌、有水準，不但向醫師道謝再三，就連我這「掛號小姐」亦連帶的受到同等禮遇，那份發自內心真誠的謝意，讓我感到無比的溫馨。有一晚，一位許姓病患來到「安仁」，看到玻璃櫥窗上寫著「許瀚文醫師」，開心的對我說：「我們是同宗的！」待一進到診療室，赫然發現，這不就是前金城衛生所的許主任嗎？驚喜之餘，和許醫師聊得更起勁了。唉！都是「改名字」惹的禍，讓好多人都不知道許自立主任已改名為「許瀚文」了，因此印象還停留在往昔許醫師所建立的知名度上，而對他現在新的身分尚未反應過來呢。驀然回首，才驚覺過往我們的努力似乎已擁有了小小的名氣在人們心中，心中頗感安慰哩。當然還有許許多多溫馨的小插曲，亦是十分有趣，令人欣慰，就因這有趣的點點滴滴、形形色色的人生百態，再加上換了不同工作的那份新鮮感，竟讓我天真的喜愛上這份「打雜」的掛號工作！有人一定會說我頭殼壞掉了，但我現在可是樂此不疲呢。

有一位路過的朋友好奇的問道：「你們的主治項目可真多！」客官有所不知啊！那麼且讓我道來：金門早期因為醫生不足，一人要抵上好幾個人用，所以醫師各科都要去歷練一番，幾經磨練下來，臨床經驗自然豐富，這過程中要接受第二專長的培訓、各科短期的訓練，諸如眼科、皮膚科、高級救命術、口腔癌篩檢、超音波……等，以及通過國家專科醫師考試（內科、家醫科），自然而然的在學、經歷以及臨床上就顯得十分豐富耀眼了。當年也許覺得辛苦，但如今可是如倒吃甘蔗般的在行醫路上左右逢源、得心應手。而許醫師也總是竭盡心力地來為病患的健康把關，堪稱一位稱職的健康守門員，所以「退而不休」是他崇高的理念與另類的人生解讀，加上他擁有遠大的理想，和生生不息的「阿甘精神」，所以正如張建騰記者訪問他時寫到：「人生的下半場才將開始。如今揚帆待發、意氣正昂揚呢！」

許醫師的熱情值得讚揚，服務精神亦讓人深表讚許，而舊雨新知所給予的肯定與期許，就像強心針般的帶來鼓舞與振奮；還有，親友們頻頻的祝福……，就因這些而構築了「滿室溫馨」的「安仁」。在這裡，我見證了人性良善、可愛的一面，這份濃得化不開的人情味，正是家鄉小鎮獨具的特色！我將這股溫熱的情誼潛藏在內心深處，並將這份溫馨的感動化為熱誠的服務情操，才不枉一世情誼的親友們！

金門日報　二〇一〇年十一月五日

雜思三則

一、靈思

清晨醒來，在似醒非醒之間，文思如泉湧，美言佳句紛紛浮現腦海，然而，待我完全清醒之後，怎地這一切竟消失得無影無蹤、不復記憶，許是年歲增長，想要記住的往往是比忘掉的還要快，聰明如我，想出了一則妙計：何不利用錄音筆隨時錄下浮現於腦中的片段文思呢！

說做即做，拿來錄音筆置放於枕邊備用，奈何當我一按下錄音鍵時竟支吾其詞的表達不出來，明明於冥想中思路是無比的順暢，奈何一拿起錄音筆竟無法婉轉的表達出來，應該是笨拙的口才趕不上敏捷的文思吧，所以，面對錄音筆才會有詞遁而力不從心之感，徒留給我一份沮喪與挫折。因而，對於那些能言善道，特別是在會議中勇敢站起來高談闊論、發表高見且講得頗有道理的演說達人，我總是分外的欽佩與欣賞。

總括看來，這聽、說、讀、寫各有難處，文筆好的不見得有流暢的表達能力，而說得口沫橫飛、天花亂墜的善言之徒，也未必能有好的文筆來表達、抒發心中之感受；如果能說又能寫，唱作俱佳該有多好！照理說：能說就能寫，能寫就能說，但演說還是稍具點難度，因為那是機智的反應，膽識的展現，而寫文章不滿意之處還有修改的餘地，但話一說出口就「見光死」似的，難以收回了。所以言談、聊天還真是一門藝術啊！那是思路與邏輯組織能力的組合，亦是智慧與理念的結晶，它不但開啟了智慧之門，也讓心智增美。

有人這麼認為：善於說話的人，通常都具有極佳的風度與雅量，除了能靜靜的聆賞他人真知灼見的發表之外，該他發言時亦能口若懸河、暢所欲言，成為吸睛之焦點，亦即是站起來能說（言之有物）、坐下來能聽（吸取精華）。所以要學會靜聽他人訴說，並懂得吸收他人之優點、改正自己的缺點，也就是取人之長、補己之短，才能有所突破、自我成長並創造佳績。

我以為讀書會就是一個非常好的訓練方式，不但強迫自己隨時吸收新知，還能接受他人智慧之結晶；不但增廣自己見聞，也使得自己的口才更加流利順暢，而且，大家在經過一翻腦力激盪、各自抒發己見之後，常會有新的思維、新的觀點產生，因為有刺激就有反應，有了反應再產生新的刺激，如此一連串的刺激、反應交替循環之下，必能帶來良性的互動與切磋，這不啻是一項很好的體驗，也是最佳的口才訓練方式之一。

曾有一位老師教導他的學生用錄音機來寫日記，也就是用錄音機錄下要寫的日記內容（直接用說的錄下來，而不是寫好之後再錄下來，的確，這說跟寫可真是兩碼事兒啊！）如此每天、每天的錄，不但刺激了口與腦的連鎖反應，也增進了詞彙的組織能力，還訓練出靈敏的機智呢，假以時日，在言談方面就顯得流暢有加、言之有物，談笑風生之間相對的增進了人際關係，有了良好的人際關係，做起事來則左右逢源、游刃有餘，尤其現代社會講求的莫不是團隊精神的展現，所以，我深深以為：口才之於人是多麼的重要啊！

雖然此刻的我已不再是年輕氣盛、意氣風發，但，學習的動機依然強烈，總覺得：只要我想學的有什麼學不好的呢。因而，枕邊的錄音筆隨時待命，等待晨起的那一段黃金片刻——靈思再現。

二、健康與美麗

拜科技文明之所賜，人類在食衣住行各方面都有長足的進步，養生食品更是滿山滿谷的充斥整個市場，看得人眼花撩亂，不知如何取捨，甚而回春藥品亦大行其道，雖然價格不菲，然而買氣卻是旺到不行，因為普羅大眾隨著經濟能力的提升，都不惜花費大筆金錢，只為換來一時的青春與美麗。

敷臉、換膚、按摩、經絡理療、塑身減肥……等，總是花樣百出、出奇制勝，以贏得人心的信服，大家總是先做再說，成效再議，有誰膽敢為此掛百分百的保證？更甚的是侵入性的治療，例如：隆鼻、隆胸、紋眉、割雙眼皮……等，依然有人樂意去嘗試、體驗，藉此來雕塑魔鬼般的身材、留住青春與美麗，雖然它是如此的具有「吸引力」，令人嚮往，但，也令人聞之卻步，深怕萬一帶來不可收拾的後果。

當然，愛美是人的天性，人人都想擁有健康、美麗與青春，此乃無可厚非，然而老天爺也是公平的，祂讓每個人都有容易凋謝的青春。所以，如何永保青春？讓青春常在？的確是吸引大家的課題，如果錢財能夠解決倒是簡單，怕的是付出大把鈔票換來一身後遺症，那才冤啊！因為生命無價、健康可貴，而青春一去不復返啊！

我以為若能保有一顆年輕的心，才能換來心靈的青春永駐，所以健康的身心才是永保青春的活水源頭與不二法門。這些根本之道，唯有內求，何需外援？讀書就是一個很棒的方法，它不但帶來愉悅的心境，也充實了人生，所以，讀好書、做好事，在在皆提昇了我們至高無上的精神領域。宋朝黃庭堅曾說：「三日不讀書，則言語乏味，面目可憎。」柳景青也說：「讀書不但獲取了知識，增進智慧；更可使人意志清純，感情深刻，擴大同情心，增加生活樂趣，並能變化氣質，獲致善良而充實的人生。」由此看來，讀書變化氣質，讓人更有內含，功效勝過美容聖品啊！

而讀書之於人生的每個階段都因年齡、領域經歷之不同而有不同的感受與體驗，誠如，清張潮的《幽夢影》：少年讀書，如隙中窺月；中年讀書，如庭中望月；老年讀書，如台上玩月，皆以閱歷之淺深，為所得之淺深耳。所以，我們怎可虛度青春年華，一定要活到老、學到老、讀到老，好好把握讀書的機會，時刻不忘讀書，因為唯有讀書才能帶給我們寶貴的資產，以及崇高的精神領域，不但使得我們慈眉善目讓人樂於親近，也讓我們的心智與氣質都增美了。

三、生日祝福

不知多久沒過生日了，去年的生日感動一直延續至今，它深深地撥動了我心弦，此時此刻依然情緒激動、微波蕩漾……，抑止不住那一份發自內心的感恩，雖然在別人心中那不過是一份小小的禮物，但，在我心裡卻是天大的恩賜，大大的感動！

誰會刻意去記住你的生日，除了自己最親密的親人，再來就屬有心人了。記得小時候生日時，母親總會煮顆紅蛋以示慶賀，在當年靠天吃飯的農耕社會裡算是極大的恩賜了，母親總是偷偷地為我煮上一顆，那種「獨享」的感受還真是特別的溫馨呢；猶記得，嬰兒第一次剪頭髮時，依照禮俗必須贈送左鄰右舍紅蛋、糖果，以博得好人緣，將來出外才不會受到別人的欺負。在物資缺乏的年代裡，贈品都是極其有限的，糖果不超過十顆，紅蛋則用線把它一分為二或四，以現代年輕人的眼光來看待這事兒，實在是無法想像啊！您瞧！現在的彌月蛋糕有多精緻啊！那也是我們三、四年級生所難以想像的精緻與完美啊！如今，彌月送禮，紅蛋至少是完整的兩顆以上，再加上一盒蛋糕。在物質生活快速提昇之下，物資不虞匱乏，除了讓我們享盡了山珍海味之外，還有就是使得這張難以侍候的嘴更加的刁鑽挑剔和難以滿足，所以，我們十分理解送禮者的用心，亦能體會領受者之顧慮，總是擔心吃多了造成「三高」，現代人可是養生擺第一，真是此一時彼一時！無法相提並論。

現代年輕人浪漫有品味，同學們的生日無不是精心策劃、大事慶祝，在經濟能力許可範圍內毫不手軟。女兒的記事本上總是記著一些好友的生日，除了別有用心的挑選禮物，捎上一份祝福之外，偶而還會親自製作生日賀卡，不僅材料費價格不菲，所花的功夫、心血亦難以估計，這一份「心」何其難能可貴啊！

當年的我們於師大女一舍也時興過生日，大都以同寢室、同學、好友為主要邀約對象，通常的慶祝方式都是買個生日蛋糕及一堆水果請大家一起享用，大家開開心心的聚在一起吃蛋糕、喝咖啡、聊是非，暫拋人間煩憂於九霄雲外，讓歡樂氣氛瀰漫整個宿舍裡的「左右鄰居」，這對於出門在外的學子來說不啻是一份深切的慰藉與滿懷的溫馨！

有位於八月份生日的同學心感不平於沒能有這麼多的好友一起過、一起瘋，所以她就選在放暑假前提前過生日。真的，生日之於當事人的確具有一份特殊的意義在，那是專屬於個人的特殊日子，難怪大家都十分重視它，在這特別的日子裡，帶給特別的你一份溫馨的祝福！

年歲漸長、為人父母之後，總記得為父母、公婆過生日，偏偏總是忘掉自己的生日，好像有了家庭之後，心中只有家人、沒了自己，一切都在為他人作嫁衣裳，雖然知道要對自己好一點、要善待自己，然而，也許是傳統的母性使然，總是一切為先生、一切為子女，最後才想到自己，天下的女性同胞就是這般偉大啊！此刻想到自己的生日也快到了，不覺間一股雀躍的心情充塞心頭，但，在忙碌中總是特別容易遺忘，我也像孩子般的，總是數著、記著、惦記著，但，到了生日當天還是不經意的給悄悄溜走。所以，我總是佩服母親的記性，不必看日曆就能知道今夕是何夕，特別是她所摯愛的六個小孩的農曆生日與時辰，總是牢牢的記在心裡，不必刻意去記憶，時間一到自然浮現腦海，好像具有特異功能似的，讓人嘖嘖稱奇！

直到我也為人父母之後，方體會出每個人的生日其實都是母親的受難日！每位偉大的母親當她躺在生產台上的那一刻，無不是攸關著生死之間的搏鬥，真的是生死一線間啊！因為我們經歷過、體驗過也付出過，所以感受特別深刻，有道是親情深似海！也唯有養兒方知父母恩，因而我總是告訴孩子們，每當生日時可要記得「感謝母親」一哦！我可是言之諄諄，不知孩子們是否聽之藐藐？或永遠記在腦海裡？生日即將來到，再度勾起了我對母親無止盡的思念……。

金門日報　二〇一一年六月八日

吾愛吾師

教師節餐會

今晚回到家中赫然發現一封由福建省政府、金門縣政府寄發的慶祝教師節餐會邀請卡，一時之間突然驚覺時光飛逝，怎地，不知不覺間，一年一度的教師節又已悄然到來。

退休之後，在眾人心目中，天天都是星期天，恍神間真有「不知今夕是何夕」之嘆！又特別是在實施周休二日之後，好多節日（包括教師節在內）都只紀念不放假，導致其緣由、來龍去脈……，都給遺忘在人間了。不若過往，早在節日來臨前，就已在心中暗自盤算、等待，掐指數日的期待節慶早日到來，一些慶典活動更是七早八早地如火如荼的推展開來，人人投入、家家參與，好有過節的氣氛，所以，早期的人們對於節日都知之甚詳，如今……，特別是現階段的新新人類就未必人人皆知端午節的由來了。

今年是我邁入慶祝教師節餐會的第三年，也意味著我即將進入第三年的退休生涯，第一年因要事在身，人不在金門，所以不克參加，第二年終於親臨盛會、倍感溫馨。在步入會場的當下，放眼望去早已是滿滿的人潮，因為退休人士皆為守時一族，大家都具有優質的時間觀念，還有陸陸續續走進的嘉賓貴客，煞是壯觀！舉目所見，皆是熟悉的面孔，有我的老師、同事、同學……，以及經常謀面但不十分熟稔的朋友，這邊打招呼、那邊say hello，一時之間，那股興奮的心情洶湧澎湃，滿溢胸襟，讓我感動莫名，久久不能平復……。

退休之後，常常想著：如果我們再不主動跟外界聯繫，又不積極的加入退休教師聯誼會，多與大夥兒互動，或參與社區活動、義（志）工組織……等，很快的，我們就成了被遺忘的一群了，而人是屬於群居動物，設若離群索居，必也無趣鬱悶，惹病上身，所以，此時此刻的我難抑心中的興奮，就像小孩歡喜過新年似的，當然，尤其要感謝省政府、縣政府辦理這場深具意義的感恩懷舊餐會。

餐會中，大家歡聚一堂，天南地北的無所不談，當然主題還是離不開這些兒女經、養生祕笈、運動方法……等，雖然已是老掉牙的話題，但是，此時此刻依然新鮮有趣、夯勁十足。閒談間還談及國立金門高中（職）的退休老師們一個個莫不是「神不知、鬼不覺」的默默離開職場，不若縣屬單位的老師們，他們都是風風光光的在退休前夕於金門日報的版面上留下絢爛繽紛的一頁，好似昭告世人：我於今功成身退，退休了。並畫下一個完美的句號，真是精彩奪目啊！雖然，我們並不期待報紙的渲染、歌功頌德，但畢竟那也是一種紀錄、一種傳承，甚而是一種尊師重道的普世價值啊！留待老年時再一次的細細回味，必也是動人心弦、倍感溫馨的。

還有，就是那一年一度的縣府退休公教員工春節餐會，仍然是把國立金門高中（職）的退休教職員工們給遺忘了，讓大家深感遺憾之至！想想：大家都是把一生青春美好的歲月，奉獻在這座島上，無怨無悔、犧牲奉獻，直至光榮退休，說句庸俗的話吧，沒有功勞也有苦勞啊！又何須如此仔細區分，將他們排除在外呢！再說，套一句金門俗話：「多請一位客人，不過多一雙筷子」，區區幾桌，何足掛齒！也才不枉金門「好客」之美名，況且這「金雞母」豈是虛有其表啊！我們亦不必巧立名目來因應它，只要來個「屬地」性質的餐會，不就一切都圓滿、一切都ok了。

其實，話說回來，我們哪裡是喜愛飯局、喜愛應酬啊？到了這個年紀，養生至上，一個個都怕應酬，能免則免，就已經是「阿彌陀佛」、謝天謝地了，有誰還會去在乎有、無這些應酬、飯局呢；再說，想要刻意瘦個一公斤都難哦，若上減肥中心減肥，可能還得花上一、兩萬元呢！只是有感於人生在世的相聚時光只會越來越少！所以大家格外珍惜，莫不是排除萬難、前來參加，好好把握這難得的機會，唯有藉這樣的聚會才容易把大夥兒聚在一起，且聚會時心中所感受到的那股受到尊重的意義與價值，以及空中飄灑著的那股熱絡歡喜氛圍讓人陶醉（人老了總是喜歡熱熱鬧鬧的嘛！），更重要的就是社會所散發出的尊崇與禮遇、溫馨與關懷……那才是令人十分窩心與無限渴望的因素啊！設若主辦長官能想到這一點該有多好，這應也算是功德一件吧！

狀元老師

常聽人如是說：「有狀元學生，沒有狀元老師」。大概因為往昔只要考上師大、師範、師專、師院、特師科……等，就是正科班的老師了（當然，要考上上述這些學校也非易事），無須再經過層層關卡的測試再測試。沒有考試，就沒有所謂的「狀元」了，所以，才有大家所說的，「只有狀元學生，沒有狀元老師」的說法吧。隨著時代的更迭、改變，如今，想當一位老師所需跨越的門檻還真是不少，它是如此之高、如此之難啊！因而，在有了層層考試關卡之後，所謂的「狀元老師」也就應運而生了。

隨著各大學開放「教育學程」之研習之後，師資問題隨之迎刃而解，但緊接而來的便是僧多粥少的窘境，使得「流浪教師」——這一時代所產生的新名詞，不得不氾濫成災，實在是枉費人才啊！據我所知，想要修習「教育學程」在校成績必須是班上的前段生才有希望，換句話說，修過《教育學程》的學子們已經通過一番篩選、測試，已是相當優秀了。接著還有半年無給職的學校試教、實習成績，再經過考照，通過考試，方取得教師證，晉升為「合格老師」。之後，再參與各縣市舉辦的教師甄選活動，錄取之後，才是正式的合格老師，所以，想要順利成為一位正式的合格老師，真是比登天還難呀！古今相較之下，真有「此一時、彼一時」之嘆啊！

大伯的孩子們各個都優秀，不考則已，要考就非得考第一（開玩笑啦！），因為恰巧兩位從事教職的孩子都是當年的「狀元老師」，使得我們都與有榮焉的感到無比的欣慰與榮耀，雖然，曾經些微之差而遭失敗，但是，他們並不氣餒，相對的，一次比一次更努力，更靠近成功的彼岸，最終是拔得頭彩，讓家人引以為榮！

金門的鄉親們就是這麼的熱情、多禮！擋不住的祝賀「篇章」一則則、一篇篇不時的出現在金門日報上，這可是讓金門日報「賺」很大（再次開玩笑啦！），最後，還引來張記者的獨家採訪，真是家有喜事、歡樂無邊，可喜可賀啊！

當然，考試是一回事，真正的愛心、認真的教學才是最重要的，淳雯老師不但有「狀元老師」的頭銜，其教學態度更是百分百的執著、認真，絕不輕言放棄任何一位學生，為了學生，不惜自己的婚期一再順延，家長們更是感動有加、感謝萬分！縣府抽考數學時還拿到全縣第一的殊榮，實在是不簡單啊！這都是平素教學認真、假以時日所累積而來的成效；亦是個性使然吧！據我所知，她就是完美主義者，且又相當有耐性，為了學生未完成的功課，總是留下來親自督導，常常是超時的加班、付出，難怪博得學生們的愛戴與尊敬，也讓家長們大大的放一百個心。身為家人的我們就常常聽到贊聲不斷的讚美之詞，讓我們覺得好光彩。

俗話說得好，有其姊必有其妹，妹妹不但畢業自名校——市北師，還是今年剛出爐的新科「狀元老師」呢，姊妹前、後相差八年皆同樣登上「狀元老師」榜單，實在難得、傳為美談！相信在姐姐「耳濡目染」之薰陶下，日後一定也會有驚人的教學成績展現；我曾經接觸過幾位何浦國小在學、畢業的學生（淳欣曾在何浦國小代課過），總是很自然的與她們哈拉一番，還特別向她們探聽心中對許淳欣老師的觀感如何？她們可都是異口同聲的說：「許淳欣老師好好哦！」可見她在學生心目中早已樹立了良好的典範，留下好評，讓人樂於親近。這「讓人樂於親近」就是學習的先決條件之一，設若連親近都談不上，那就遑論其他了。

另，何浦國小的英文老師——淳瑩老師亦是許家班的成員之一（她是四伯的女公主），當年招考英文老師只錄取一名而已，所以，這麼說來，她應該也算是英文科的「狀元老師」囉！去年在她精心策劃、教（編）導之下，率領學生前往台灣挑戰「第一屆全國小學生勇闖紐約說話島英語大賽」，在全國一百二十九支隊伍中，以美聲組合通過初選，擠進前二十名，十分不容易，再次赴台參加冠軍賽，榮獲優選獎。

我們再瞧瞧報上所登載的那張照片，學生們一個個活潑可愛的造型，十分耀眼，詢問之下，原來這也是淳瑩老師刻意為她們治裝打扮的，年輕人一般皆具有審美眼光、打扮時尚，難怪在淳瑩手持仙女棒一揮之下，更顯得美麗大方、標緻可人，全看不出是來自金門離島的小朋友。資訊的發達、交通的便捷，不但縮短了城鄉的距離，更是帶動了學子向前邁進的動力，勇於與台灣的小朋友較勁兒！這未嘗不是一件好事啊！

校長李國安不但給予精神上的加油打氣，還十分讚許的說：入選就是肯定，雖與冠軍無緣，但小朋友的表現已十分亮眼，與有榮焉。有了大家長的這一番鼓勵，小朋友更是信心倍增、士氣如虹，但願他們繼續努力、寄望來年。

除此，她還當選九十八學年度國民中小學暨幼稚園績優導師，這些成績乃源自於平素堅守教育工作崗位，用關心、愛心與耐心，辛勤付出所換來的成果，而同學們則應是收穫最大的贏家。我們都知道：立國的根本在教育，教育的重責大任就落在老師們的身上。看她們一個個在教育園地的表現是如此亮眼，就像看到希望般的叫人欣慰；再看每年一批批的新進老師，亦如同看到希望般的令人振奮。如今不但有狀元學生，也有了狀元老師，恰似一股生力軍湧入教育行列，火力十足，當然，這是責任的加重與延續，亦是薪火相傳、永續經營，更是繼往開來、開創新機運，在在都使得這百年樹人的園丁工作在傳承之後更顯神聖而偉大！

一日為師　終生表率

【其一】

多年來每到了母親節，金門縣合唱團總會受邀安排一件特別溫馨感人且深具意義的事兒，那就是關懷受刑人音樂會——溫馨五月天——母親節音樂會！特別是這位年年不缺席的「常備」嘉賓——林水綠校長，他總是藉機引吭高歌一曲，一則秀一秀嘹亮的歌喉，再則身體力行，獻上心中無限的關切與祝福！數年來如一日，叫人感佩之至！

林校長不僅僅是積極關懷受刑人，更用實際行動來展現心中的愛心與關懷，真不愧是「一日為師、終生為表率」。且一旦為人師，就樹立了標竿似的，成為社會大眾永遠的榜樣、永遠的典範啊！那真是相當的不容易，而社會大眾對於老師們總是寄予無比的厚望，將他們神化般的、高高的恭奉在上，具有神聖不可侵犯的地位，使得老師在人格、品德各方面皆不容許有半點瑕疵，宛如有個框架框住似的，不得踰越，個個皆應是「至聖先師」——孔子的化身一般。所以，身為老師，在做人處事各方面就要比一般常人來得戒慎恐懼、嚴謹行事，想必這就是身教重於言教的形象指標，亦是職業使然吧！

【其二】

人的一生，除了學校的正規教育，還有終生學習的社會教育，才藝教室、社區大學……等，到處皆是可資學習的場所，只要有心向上、有心學習，處處都是教室；尚有以多層面來豐富人生的社團活動，讓生活更加的多采多姿、絢爛繽紛，賢德老師不但積極的投入各社團，諸如：太極拳、土風舞、合唱團……等，還擔任了合唱團的總舵手——總幹事一職，那真是使命的傳承，責任的擔當啊！生命也因這些活動而舞動得更加精彩、亮麗耀眼，令人讚嘆！

許是歷經學校的一番行政歷練，練就了一身好本領，樣樣得以駕輕就熟，諸事也都因而輕鬆愉快，所以，掌穩了舵，航向正確的方向，再次展現智者的睿智，使得金門縣合唱團越加的卓越、非凡，成長、茁壯，不但聲威遠播，也讓更多的人知道金門有這麼個具有水平的合唱團；雖然犧牲、奉獻了自己，但相對的，自己擁有的更多！所以在多采多姿的社團領域裡更加豐富了退休生活的深度與廣度，這亦是師者的最佳典範。

【其三】

我家大伯——漢昌老師在做人處事各方面說得上是百分百的完美，難以詬病。在家為長子，事親至孝，不但大小事情一肩扛起、默默付出，且為弟妹之表率；在學校為良師，誨人不倦，教育英才無數，可謂桃李滿天下，並深受學生的愛戴與尊敬；退休之後，在社區肩起許氏宗親會理事長的重責大任，敦親睦鄰，優質互動，營造善良的社區鄰里關係，不但博得佳評，又再度獲選連任，真是實至名歸、許氏之光啊！

特別是在人與人之間互動頻繁的世代裡，人際關係似乎決定了成敗，他們退而不休的精神，再次的承擔神聖的使命，從學校轉向更寬廣的社會，在社會中更是扮演了重要的「磨心」角色，調和人群人倫，具有舉足輕重的地位，再加上平素所建立的好口碑，使得老師的完美形象永遠留存在人們的心目中。這又是一個值得學習、活生生的典範啊！

【其四】

當然身旁還有許許多多的退休老師們，他們依然過得精彩萬分，令人羨慕！有的退而不休，繼續開創人生事業的第二春；有的含飴弄孫，內、外孫同在一個屋簷下，儼然一個小型托兒所，讓孩子們專心於職場，無後顧之憂；有的好學不倦，活到老學到老，把學習當作是一種樂趣，不知老之將至；有的遊山玩水，走遍大江南北，好山好水盡收眼底；有的專心致志於參禪禮佛，不但慈眉善目容顏改、心境也隨之豁達開朗，又專注於佛經之研讀，體悟自是深刻，再多的時間也不敷使用啊！哪有閒暇時段？何須「殺」時間？佛世界裡自有一番天地啊！有的樂愛田園，學做老農，天天與大自然為伍，享受田園生活快樂逍遙，雖不需日出而作、日落而息，倒也能果實累累，收穫可觀啊！有的與病魔奮戰不休，充分表現其堅強的毅力來，令人感佩萬分！有的養生至上，勤練身體不打烊，多活一天、多賺一天，健康是本錢、健康是一切、健康才是王道啊！

退休之後的人生舞台，大家皆能各選所需，各適其所，仍然在每一個角落、每一個處所發光發熱，展現形形色色、多采多姿的美麗人生，只是退休後總讓人有「夕陽無限好，只是近黃昏」之嘆！然而，剎那便是永恆！好好把握當下，珍惜歲月，享受人生！讓「萬世師表」的光環永遠閃亮，照亮寰宇！

欣逢建國百年，不得不讚譽教育的成功，因為教育乃立國的根本。而師者，所以傳道、授業、解惑也，國家慶幸有良師，他們不但在教育崗位上孜孜矻矻立下犬馬之功，退休之後，依然是社會的標竿，不但帶動了優質的社會風氣，亦是社會的中堅分子、國家大力倚靠的智囊團、老而彌堅的棟樑啊！在歡聲雷動的教師節餐會、在表揚優良教師的慶典中，我們衷心的祝福天下的老師們：佳節快樂！

金門日報　二〇一一年十月十八日

感動

今年有一個「非比尋常」的日子，它帶來不一樣的溫馨感受，尤其感人，特別甜蜜！每年母親節前夕，金門縣合唱團總會組團「入監獻聲」，用歌聲來傳遞社會各界溫暖的關懷及滿滿的祝福！當然，今年也不例外，唯獨今年感受特別深，乃因人、因事的不同而有迥異而深刻的體悟，實在是發人深省而有特別多的感慨！

說真的，人生旅途滿是荊棘、滿是陷阱，稍不留神，即便是神仙亦有「踏錯步」、「打不對鼓」（閩南語）的時候，更何況是吾等凡夫俗子，難怪古有明訓：「一失足成千古恨」，因而，在待人處事上皆得小心謹慎，必也要做到「仰不愧於天，俯不怍於人」，人生方得以無悔啊！因而，面對他們，心中總是充滿著幾許的無奈與太多的同情，總想盡所能的給予更多的關懷與祝福，讓他們一樣能感受到自由的空氣、燦爛的陽光與不一樣的人間溫暖，再說，知錯能改，善莫大焉！這個有情的社會依然是熱情的張開雙臂，不計前嫌的接納您、擁抱您，所以，當您用心去感受的當下，您將發現人間依然處處有溫情，到處充滿著溫馨的人情味與深深的感動！此其一。

自從金湖琴韻婦女合唱團捐贈鋼琴與金門縣合唱團傳為美談之後，金門縣合唱團在歷任總幹事的領導下幾乎是年年借「入監獻聲」之便，順道拜訪定居於金湖鎮武德新莊的琴韻合唱團團長——翁婉慈女士，以報答「知音之情」。金門縣合唱團不但有情有義且一念千年、永遠懷舊，這一份如鮮花般的動人友情叫人歌頌、傳唱不絕，畢竟人非草木、孰能無情，特別是對善感的大姐來說，面對這一份情，總是感謝特別多！它早已深深地烙印在翁大姐的心坎上，那將是大姐心底深處難以抹滅的永恆記憶，這一束滿溢著熱情的鮮花也為大姐帶來母親節前夕難以止息的深深感動！此其二。

翁大姐平素編織毛衣打發時間，偶而練練歌喉，稱得上卡拉ok達人，也做些簡易家事，近日裡突發奇想的重拾當年「看家本領」，將一些捨棄不用的零星碎布，在慧心妙手的拼湊下，裁剪出一件件可愛的童裝來，大小、造型均別出心裁，如此的愛物惜物、廢物利用，即所謂的「垃圾變黃金」、「清水變雞湯」，實在是難能可貴啊！每件衣服裡都有大姐的寸寸愛心與片片真情啊！我想：也只有大姐能如此的用心、用情在每件事物上，而孫女、外孫女也就因而享福多多了。由此，我們可以看出在大姐的世界裡永遠有妥善的安排、滿檔的時間表，真是好人不寂寞啊！即便是輪椅生涯的她，命運依然打擊不了她堅強的意志力，更加擊不倒她不屈不撓的鬥志，真叫人感佩！她！實在是一位值得大家效法的最佳典範！

又在愛屋及烏的庇蔭，以及臉書的超大魅力效應之下，它總是適時地、溫馨地提示了屬於個人的特殊日子，讓愛散播在人間，也為「五月八日」帶來溫馨無數，而生日的祝福更是無遠弗屆，不論是海內海外、島內島外，手機簡訊、臉書留言、電話道賀、卡片祝福……甚而85℃甜蜜蜜的蛋糕禮盒也即時獻上甜美的祝福，皆為我帶來一次又一次的感動，就連我家靈犬「路基」也湊熱鬧的將其積蓄轉至我的戶頭，來表達牠獨特、誠摯的生日禮讚，讓我再一次的深受其熱情魅力而感動連連，當我擁抱著猶如自天而降、雪花片片般的溫馨祝福時，一時之間幸福感充塞心房，久久難以自己……，如果說：「一花一世界」，那麼金門縣合唱團的這一束鮮花可就象徵著大千世界裡無以倫比的滿滿祝福，讓我溫馨滿懷，感動不已！此其三。

就因我還處於這「小小」的假期中，竟帶來這史無前例「大大」的感動，真是愧不敢當啊！叫我如何承受得起這天大的恩寵呢？如此一來，倒真是給了我一道難題，今後叫我如何歸得了隊、回得了巢呢！唉！人情是債，是永遠償還不了的甜蜜債務啊！今天金門縣合唱團這一幕「脫序」的演出，讓我感受特別深刻，這份盛情恰似一江春水，又豈是我這小小身軀所能承載得起的重擔啊！特別是在這陽光普照、光輝萬里的日子裡，心中有著滿懷的感恩！除了感動，再無其他了。

金門日報　二〇一二年九月二十九日

心情隨筆

黃金稀飯

晨起早泳歸來，若能吃上一碗地瓜稀飯那是一種幸福！

小時候是「三餐吃地瓜、天天吃地瓜」，簡直是吃到怕、吃到膩了！若能換個口味，有一碗麵或隨便什麼的都能比地瓜強上千百倍，都足以把它視為人間美味，那真是小小心靈的大大滿足啊！直到如今，才知道地瓜的珍貴，它對身體可是好處多多，當年我們竟一味地排斥它，唉！真是千金難買早知道！還好，為時不晚，尚可大大地享用地瓜餐來彌補過往的遺憾並增益健康。

近日裡也收到網路朋友傳來訊息：早上吃地瓜，地瓜變黃金，那會是一種有益身體的酵素；但晚上吃地瓜可就及不上早上吃地瓜的功效了。原來吃東西也因時間點的差異而產生不同的效益。就如：最好的補血食療方法是在早上九點到十點、下午兩點到三點之間吃上二十顆葡萄乾，最具「食」效。得知此一訊息，我總是深信不疑，如法炮製，雖然，我不是特別注重養生，但是，簡單易行的方便之道，或健康的天然食品，我是一概接受的。

現階段吃地瓜稀飯與小時候吃地瓜稀飯的心態大不同，除了年齡、心境左右了對事情的認知與看法，竟連嗅覺、味覺以及視覺上也都產生了差異性的感受，想想還真是一件不可思議的事兒，您瞧！那黃澄澄的地瓜稀飯，鮮黃豔麗，多美的天然色澤啊！再多瞧它一眼，何其賞心悅目！我總是習慣（喜歡）用筷子將地瓜一一搗成泥狀，與稀飯混成一氣，讓地瓜中有稀飯，稀飯中有地瓜，完全不分彼此，也讓地瓜的香甜滲透在碗裡的每一粒米、每一個角落，聞起來、吃起來皆另具一番風味不但香甜可口，且叫人欲罷不能，那是一種恰到好處的健康甜度，格外爽口，一口接一口，不知「飽」之將至，若能搭配金門黃魚、「峰上花生」或江記甜酒豆腐乳，那真是一等一的人間美味啊！所以這黃金稀飯可是讓人一碗接一碗，渾然不知吃了多少碗呢。

學生時期，住宿生活，想要吃上一碗地瓜稀飯談何容易！雖然師大女一舍的地下餐廳早餐有販售熱騰騰的稀飯，但是，音樂系的我們一大早就忙於搶琴房練琴，通常牛奶一沖，喝了就出門或前一晚買個西點麵包帶在身邊充飢，就算不錯了，哪來的「美國時間」悠閒地來品粥啊！踏入職場，忙碌的職業生涯亦然，來匆匆、去也匆匆，依然忽略了早餐的重要性，午餐則勉勉強強，唯獨晚餐才放鬆心情，大肆料理盡情享用，完全漠視「早餐吃得好、午餐吃得飽、晚餐要吃得『少』」的道理，如今，到了這個歲數，才猛然驚覺「吃」的重要性，這民以食為天的「吃」還真真是一門大學問啊！所以，掌管一家生計大權的家庭「煮」夫（婦）相形重要，因為他（她）掌管了家人的幸福與健康啊！

如今，出門運動前，電鍋一按，運動歸來，一鍋熱騰騰的地瓜稀飯隨之上桌，再佐以江記甜酒豆腐乳及「峰上」花生，真是人間極品、一大享受加上又有閒功夫可以「慢慢」享用、品嚐，這才真正是享受人生，想想，人生能有幾度青春年華？快樂人生就從享受早餐開始吧！

我把自來水變溫了

夏末初秋是游泳的好季節，這時的水溫有點透心涼但又不至於太涼，其實還是蠻涼的，所以下水前仍須一番激戰、掙扎和猶豫，但游個一、兩百公尺之後，就非常舒適宜人了，上岸之後，因為全身在運動過後所以倍感溫暖，也感覺到一屋子的暖意，就像加裝了暖爐般的溫暖舒適，特別是在歷經半小時的舒壓、放鬆，泳池的水竟也變溫了，就連沖澡的自來水也像洗熱水澡般的溫暖無比。梳洗完畢，抖落一身疲憊，換來全身的舒暢。完成了每天既定的功課，這時更加覺得輕鬆自在了。

游泳完畢，最期待的莫過於來到更衣室聽人閒聊生活花絮了，人與人之間常因為彼此的關係不深而有隔閡、有所保留，所以無法暢所欲言，甚而只是言不由衷的瞎扯，若是這樣，還不如沉默是金，因為沒有交集的談話，只顯得話不投機半句多啊！而無負擔的閒聊常會帶來高品質的享受，也因此我特別欣賞泳伴呂小姐講話的率直無隱、韻味十足，談話的內容又是那麼地吸引人！

她常談及她體貼入微、善於料理家事的好老公，說他總愛把家裡打理得一塵不染，稱得上是窗明几淨、光可鑑人，真是難得！有一回颱風來襲，不放心另一個家是否遭到侵襲（房子多還真是麻煩），所以夫妻倆得趕個大早回去探查一番，臨出門前，他老兄就等在一旁，待她把早飯吃罷，並洗罷她這一雙碗筷才出門，大家聽了都十分羨慕她有這麼一位體貼的好老公，實在是幸福！

呂小姐多年來進出手術房數次，使她有感於身體健康的重要，又認為健康的身體來自於運動，所以在深刻的體認之後拼命運動，以謀求改善體質、增益健康，舉凡元極舞、土風舞……等，都積極投入，回家後更是認真練習，我還沒看過像她這般認真的學員呢。每次游完泳的片段時刻她也不放過，總是練習再三，且常和另一位舞伴切磋琢磨，這份追求完美、精益求精的精神實在令人欽佩！看得我好感動！常言道：「一分耕耘、一分收穫」；「天下絕沒有不勞而獲的事」。我想：睡夢中的她一定也是頻頻的回想、思考、練習再三，難怪她舞步純熟、舞姿曼妙，讓我十分神往又羨慕！

又有一回，談及她乖巧孝順的兒子、媳婦兒，說他們總會在母親節前夕送來一束鮮花至辦公室為她慶賀，她低調的將它暫擱在飲水機後面，不料被另一位同事發現，真是無巧不巧的，卡片上兒子、媳婦兒的名字，竟與同事的兒子、女兒同名，使得那位同事誤以為是她兒子、女兒送來的祝賀鮮花，天底下哪有如此巧合的事啊！真是無奇不有，讓人嘖嘖稱奇！聽完之後，每個人更加羨慕她擁有懂事孝順的兒子與賢慧乖巧的媳婦兒，而且年紀輕輕的她已是阿嬤級的人物了，讓人心中升起另一種羨慕之情。

聊天使人心智增美，所以，往往話匣子一打開，就讓人欲罷不能，層出不窮的話題源源不絕地蜂擁而出，妳一言、我一語的，聊也聊不完、說也說不盡，單就我們這群「泳」士，就可寫出一頁頁訴說不盡的美麗傳奇，更遑論其他了。所以大家紛紛訴說從前，說當年我們是多神勇，當寒流來襲，依然奮勇下水，一上岸，渾身則抖個不停，拿在手中的洗髮精、沐浴乳常因此而抖落一地呢。真搞不懂我們如此賣命地游泳所為何來？真是何苦來哉！到底是在為誰辛苦、為誰忙啊？外人心中一定無法想像、無法理解其中就裡，總以為這些人的頭殼一定是壞掉了，難怪阿友先生老是懷疑這些人的神經線是否措置了。其實大家心中也是掙扎萬分的，無法理解當下哪來的勇氣？此時此刻，大家都異口同聲的說：今年恐不復往年的神勇了，必也早早收兵，靜待來年囉！

呂小姐就像開心果般的每天總為大家帶來一份新鮮話題，所以，每天游完泳就期盼聽她的「八卦」新聞。若獨自一人，在不影響他人、又在放鬆的好心情下，敞開聲門，盡興高歌、抒發心中塊壘，亦是一大享受！總覺得在如此的空間裡，音效特別好，所以不知不覺間總是忘我的、盡情的開懷紓壓，甚而是「自我感覺良好」地高歌一曲，陶醉在自己的天地間，忘卻俗事煩憂，此時此刻，真是怡然自得，快樂賽神仙！

我以為：生活就需要這些快樂的片段來構築美好的一天。千萬別小看這些看似微不足道的點點滴滴，它才真正是生活中快樂的泉源啊！當然最開心又神奇的是：我竟然把自來水變溫了。

離愁

快樂的時光像穿了溜冰鞋似的，轉瞬間消逝了蹤跡，總是讓人格外懷念！此乃人們厭苦喜樂的心態使然吧！

暑假匆匆即逝，又到了學子遊學他鄉的時候，在步入倒數時刻，離愁別緒充塞思維，揪著的一顆心，恰似難以言喻的五味雜陳，總懷疑自己為何這一大把歲數了還解不了生離死別、兒女情懷，硬是把一大包的感情包袱背在身上，難道說人越老感情越豐富，也就越容易感傷，而情感就更加的脆弱不堪了。

說真格的，感情還真是人們永遠的包袱，丟也丟不掉，它總是如影隨形，與人常相廝守，君不見，情到深處無怨尤！問世間情是何物？直叫人生死相許。這用情之深、用情之切，讓人不得不讚嘆、歌頌！再說：人非草木，孰能無情。此乃天性使然，最終我還是喜歡原本的我，保有我純真的風格，忠實地作我自己，不作第二人想！讓滿腔的熱情毫不保留的盡情奔放、恣意揮灑，那些能夠置感情於度外的人就讓我以純欣賞的角度來歌頌、讚美吧！

我想：人的一生就是因由這些起伏不定的悲歡離合歲月，交織成繽紛絢爛的美麗人生。有團聚的歡樂才更顯離別的苦楚，有失敗的落寞才更顯成功的歡愉，誠如月有陰晴圓缺、花無百日紅一樣。我深信：沒有永遠的佼佼者，正如沒有永遠的失敗者一樣，因而，我們要能接受缺陷的美麗，如同我們讚頌成功的偉大一般，凡是要能以平常心來看待，這才是健康人生的心態！

雖然又是再一次的別離，但這正是另一次歡聚的起始，就讓心中再次湧現一份期盼與祝福，並將對你的思念化為一股願力，願這股願力化為希望的種子，散播在每一角落，長成一棵棵枝繁葉茂、果實累累的許願樹，祝願美夢成真、心想事成。

懷念

當年，我們曾經是最親密的戰友，大家為著共同的目標一起努力，犧牲奉獻、無怨無悔。

當時，為了提昇音準水平，方便大家「再加練—在家練」，我們想出了錄音、製作卡帶的方法。阿棋確切地看到我們認真的一面，所以提供了我們最佳的錄製場所。為了錄製卡帶，常常是錄製到深夜，才摸黑回家。良玉、海燕都曾和我一起走過這段歲月，銀蘭亦曾代大家錄製，只為了讓大家人手一片，抓得住音準，方便練唱而已。

認真如良玉，不知聽壞了幾台錄音機？劉夫人可是邊炒菜、邊聽耳機、邊練唱；胡夫人則是睡前聲樂家，常與歌曲同聲共「眠」；有些人則是站在高崗上對山高歌，有些人則望海抒情，唱出心曲；還有些人浴室裡抒懷，尤其感性……，看來每個人都有她練唱的一套好方法及撇步，這份投入的精神實在叫人欽佩！讓人越發感到這份錄製的心血沒有白費，感情濃度也因而快速向上攀升。

後來有了錄音筆，我們緊跟隨著科技的腳步，馬上跟進，改用錄音筆來錄音，又有幸借助於佳達同學在電腦上的長才，將錄音筆的資料轉檔，再燒成CD片，如此就更加的方便許多了，不但錄製過程省時，且在家練唱時選曲方便，真的是「工欲善其事，必先利其器」，凡是都得講究方法，方能收事半功倍之效。也因而大家能很快的熟悉曲調，記住歌詞，完全不因年紀而衰退了記憶。現在回想起那段打拼的日子，實在叫人懷念！恰似一股甜蜜的清泉在心裡頭醞釀、流串，偶而還能回甘一下，讓人回味無窮！

雖然我們人多勢眾，陣容強大，擁有超強的人氣，但我們各個低調、謙虛為懷，且不分彼此、宛如姊妹。每到練唱時光就是大家最盼望的時刻，即便是見個面、哈啦一番也叫人開心！真正是「以歌會友」！我們就是喜歡這種沒有負擔的熱絡氣氛，倘若一次練唱不到，再碰面時可就又過了半個月的光景了，所以大家都格外珍惜每一次的練唱。不論婚喪喜慶，我們的參與指數最高，人氣也最旺，當然，聚餐時的出席率也不落人後，酒量亦不可等閒視之，猶記得不知哪位仁兄，輕忽了我們的實力，放馬過來打通關，以為大家都可「隨意」的過關，哪知巾幗不讓鬚眉，個個可都稱得上是酒國英雄呢！一連三杯下肚，還真是大感吃不消。飯局讓人盡興，情誼也隨之增進，真是酒濃情更深！

還有那一段音樂劇〈金門先生〉的排練期間，應屬於大家在表演方式上的初體驗，有別於站台上的風格，所以大家都感到格外新鮮、有趣，也十分嚮往。排練中往往因為遷就於人數的不一，以及摻雜著太多不確定的變數，所以每次的演出，除了大原則不變之外，好像沒有固定的版本可循，總會帶來意想不到的奇蹟出現，因而每一次的演出都有一份新鮮感，使得大家都演得十分盡興，也玩得十分開心。

有些人具有異於常人的表演天分，總能十分投入的扮演好自己的角色，演什麼像什麼，在觀眾面前泰然自得，叫人佩服！例如：細說從頭的金門先生、歸國的華僑夫人以及落番客的真情淚水……，都是叫好又叫座的成功演出，讓人由衷的讚賞！有些人天性拘謹，比較放不開，但在大夥兒的聲威、氣勢助長之下亦稍稍能壯膽，犧牲演出，終不負眾望，獲得好評。

其實人生就是戲，人生就像演戲般的一幕接一幕，不但帶來高潮迭起的亢奮，讓人驚嘆連連！亦有跌入谷底的無奈，令人扼腕！當然，戲亦如人生，它確切地反映出人生百態，真實的一面。因而戲中人更能有深切的體認，感受更加深刻，所以，戲裡戲外都是人生各自扮演的精彩戲碼，我們何不也先寫好自己的人生劇本，忠實的演出，必定是精彩可期的啊！所以，直到現在，那一段排練的點點滴滴，還是深刻的留在腦海裡盤旋、蕩漾……。

由於聲部的難度，使得我們成了常常被嫌、被唸、被嘮叨的一群，久而久之，在欠缺鼓勵之下喪失了信心，雖然如此，我們仍然開懷練唱，加倍努力，並不因此而怠慢職守，因為我們擁有「吃苦當作呷補」的精神，並將之視為練唱的「座右銘」、「金玉良言」，更確切的知道這正是我們向上攀越的跳板！所以，現階段除了加緊練唱，最重要的就是找回失落的自信心，相信：只要功夫深，鐵杵也能磨成繡花針；只要充分練習，信心就無所不在。再說：勤能補拙，雖然唱歌需要天賦，但後天的努力相對的有所助益，亦相形的重要，不無小補啊！所以，「再加練—在家練」是我們邁向成功唯一的跳板，我深信：只要本著努力打拼的精神奮力不懈，成功必然在望！

曾幾何時，大家因工作的關係、興趣的改變、理念的差距……，而有了一些真正的變遷，然而，那一段同甘共苦的日子，早已在我心底深處留下了太多令人懷念的片段，即便是午夜夢迴，依然有一股揮之不去的深深眷戀！

金門日報　二〇一二年九月二十四

兩地相思一線牽

人生自古傷別離，最是叫人肝腸寸斷。面臨一次次的別離，依然無法抑止這顆善感的心不去思念，更難以控制這多情的淚水不去流淌。

再一次地女兒遠行，是再一次地考驗自己，奈何依然闖關失敗，我帶著落寞的心和止不住的淚水獨自登上大有巴士，踏上歸途。所幸車上乘客不多，又帶著一副眼鏡，讓人無法窺見我紅腫的雙眼和滿臉的淚水，此時此刻有誰能了解我心深處那起伏不定的心思啊！我獨自承受著離別的煎熬和相思的滋味，唉！真是「悔教女兒覓封侯」啊！

自古以來感情就是一個沉重、無形的包袱，遊子遠行就得放下這沉重的包袱，方能走得更遠、爬得更高、看得更廣。女兒的雄心壯志是我所讚許，我「愛其所好、樂其所樂」，更樂觀其成，所以竭盡心力協助其達成心願。第一要務就先得學會放下沉重的感情包袱。而女兒的膽識是我所不及的，她單槍匹馬，獨闖天關，叫我佩服得五體投地，光是辦理出國手續這件事就讓人「一個頭兩個大」，複雜兼繁瑣，好不麻煩啊！好多人都是請人代辦，而她為了省錢，樣樣自己來、自己辦，讓我見識了她的通天本領，只有「佩服」兩個字足以形容。如今她十分熟悉出國手續的流程，也十分樂意為人指點迷津，她如天使般的善良且樂於助人，難怪一路走來，碰上諸多貴人及好友的扶持，因為助人者人恆助之啊！

她的適應能力是三個孩子中最強的，還記得第一天上幼稚園時，擔心她適應不良，特地請大姨媽陪伴在側，想不到比預期中來得好，所以老師不但請大姊先行回家，還帶著「新生」的她去送路隊。之後，她總是樂於上學，視學校為快樂天堂，當她讀大班時，曾有一個月的時間陪同不適應幼稚班生活的大弟一起上學，當起「陪讀生」。而今出國深造是另一種高難度的考驗，不但是生活的適應、語言的溝通，亦是學業上的一大考驗。

離開故鄉才知道家鄉的可愛，回首來時路，發現原來自己所處之地是多麼的安逸、舒適與幸福。平素在家養尊處優，飯來張口、茶來伸手，廚房的事一概少理；而今來到國外，生活型態的改變就是一大考驗啊！一時之間要適應高昂的物價還真不容易呢，一包普通泡麵就得花費一・五歐元，令人咋舌、訝異不已，懂事的她哪買得下手？此時此刻的她更是深地的感受到生活上花費的高昂，而思節儉之需，她告訴我不但養成了記帳的習慣，還每天勤儉地過日子呢，真是不容易啊！大家皆知：由儉入奢易、由奢入儉難。一旦養成了節儉的好習慣可就終生受益，所以孩子的成長、懂事，帶給我們無比的欣慰，讓我們更加心疼女兒在國外過著艱苦的日子，尤其是這繁瑣的三餐還真是費事兒呢，若能代勞，我們真是十分樂意又何其榮幸啊！

說真的，走過五湖四海，才會發覺還是自己的國家最可愛！在國內不但吃得方便，且種類琳瑯滿目，應有盡有、任君挑選，真所謂的「吃在中國」，一點也不假，再加上到處皆有7-11，真是超方便的。而今一切的一切都得自理，但這繁瑣的三餐，女兒卻調理得有模有樣，少油、少鹽，大部份水煮（因不善料理又水煮簡單），以健康為前提，倒還能吃得津津有味，樂在其中，真的是不經一事不長一智，如今可享有健康烹飪高手之美譽了。所以我也就大大的放心，因為再怎麼的不捨，最終還是得放手，還是要脫離父母的呵護與庇蔭，走向自己的未來啊！因為每個人的成長過程不盡相似，所以走的路徑也大不同，但條條大路通羅馬，只要走對的路，走該走的路，終有美麗遠景、燦爛的未來。古人也說：吃得苦中苦，方為人上人。這就是最佳的詮釋了。

所以出國前帶著極其不捨的心情陪伴女兒來到台北，先行採購一些日常生活中的必備物品，諸如：大同電鍋、電茶壺、充電插頭轉換器、泡麵……等。我的心情則如同越來越沉重的行囊，重得讓我喘不過氣來，不勝負荷；我的心亦如同股市下殺，幾乎是盪到谷底，翻身難期。由於是出遠門，所以該帶的東西，雜七雜八，可謂：包羅萬象，應有盡有，因為深怕去到他鄉缺這少那的，諸多不便，所以凡是想到的、必備的都儘可能的列在清單內，臨行前幾乎是整晚無法闔眼，一來是心情起伏，難以割捨這一份離愁別緒；二來是如何取捨行李，看似樣樣皆必須，但總重量有所限制，「帶與不帶」間就一個「煩」字足以形容，所以母女倆是徹夜未眠到天亮。

出門的行囊是既多且雜，十分沉重，但總是帶不全該帶的東西，更帶不走媽媽的愛心、關心及一番苦心，所以之後又寄出了一箱重達二十公斤的雜物，雖然滿溢著媽媽的愛心與關心，但仍然載不動媽媽無盡的關懷與綿綿不絕的思念。這段適應期間平添我華髮無數，幾度失眠、心煩何似，憂愁、煩惱全寫在臉上，也曾絞盡腦汁尋求住在法國的朋友可能的協助，但女兒個性不願他求，也就作罷，慢慢地，待女兒在法國一切漸入佳境，我的心也就隨之寬慰不少，臉蛋再現昔日光采。

真的好感謝科技帶來的便捷生活，讓我天天能與女兒視訊、MSN，如今成了每天的必修課程，不但解決了相思之苦，還讓我們天天得以見面，雖然遠在千里之外，卻猶如近在咫尺一般，真的，她雖遠在巴黎練琴，但就像在隔壁房間練琴一樣的真實、清晰，影像、聲音兼而有之，太叫人興奮了！為了陪伴遠在他鄉的女兒，驅除其孤獨之苦，我們突破時空的阻絕，以及時差問題，排班輪值，老倆口一個上小夜班、一個上大夜班，以求能如在家中，隨侍左右，所以每每到該結束的時候，任誰都不忍先關掉視訊，結束通話，漸漸的我們也適應了這樣的日子。

說也奇怪，我們母女倆可說得上是無所不談的，剛開始好新鮮、好期待，然而如今也只是淪為吃飽了沒？今天要煮什麼？吃什麼？天氣變冷了嗎？要多加衣服哦……等等，看似沒營養的閒話家常而已，但這其中早已包含了多少的關懷在其中啊！多少的關愛化成簡單的話語！如今一天不視訊就覺得不自在，它已成為我生活的重心，不但撫慰了我的「思女情懷」，也連接了兩地情緣，更是慰藉了無盡的相思之苦，我衷心的期待著葡萄成熟時，亦就是女兒學成歸國之時，到那時，天涯海角再也不分離。

馬祖日報　二〇一〇年九月二十九日

易髮成功俏麗行

常言道：「女為悅己者容。」所言不虛，特別是處於男性社會的遠古時代裡，女流之輩往往淪為男性的附屬品，且看後宮佳麗爭奇鬥豔，莫不是為了取悅對方、博取好感；而為了爭寵、鞏固自身地位之權利，無不是使盡混身解數來贏得勝算，將「女為悅己者容」的精神發揮到極致，「打扮」成了得寵的必備條件。

如今，時代的巨輪已來到男女平權時代，不再只是「女」為悅己者容了，更應人人為自己而容，為創新自我形象而製造加分效果。一般來說：四年級生樸實無華，五年級生天生麗質，六年級生保養大行其道，七年級生則進入到彩妝人生，且不論男女，個個懂得保養，人人熟諳化妝，以創造個人獨特品牌為先。

有人如是說：「天下無醜女，只有懶女人，沒有醜女人。」因為三分是天生姿色，七分靠後天勤於打扮啊！而璞玉尤需人工之雕琢，才能創造奇蹟、成就完美，所以天下只有「懶」女人，沒有醜女人，善哉斯言！一個勤於保養、注重妝扮的平凡女子，依然是賞心悅目的美嬌娘，讓人樂於一親芳澤。

同學L，五官姣好、天生麗質，由於生長背景使然，她的思維中永遠以樸實掛帥，所以平素脂粉未施，更甭談那亮麗鮮活的彩妝了，總認為自然就是美，所幸她擁有優雅的氣質，又因飽讀詩書，所以自然散發出她別具一格的特色來，就像璞玉般，特別迷人。也因她的社經地位，所以博得人們對她的肯定與敬重。因此，我深感飽讀詩書不啻是一帖美容聖品，它是由內而外散發出的一股難以抗拒的魅力氣質啊！只因每個人都有容易凋謝的青春，幾經寒暑的更迭洗禮，換來的是雞皮鶴髮、青春難再。所以身為女人，還是仔細思量自身的定位在哪裡，並好好地展現自身所擁有的魅力與自我風格吧！

再談談服裝吧！俗話說得好，佛要金裝，人要衣裝。雖然錦衣華服能突顯、襯托出一番美麗來，然而衣裝的得體更是一門大學問，如今不再是衣以蔽體了，總得要匹配得宜，符合社經地位，方能相得益彰，所以穿出風格、穿出特色是相對的重要，設若只知跟在流行的後頭追、趕、跑、跳，受人主宰，那會是件吃力不討好的事，非但勞累，且徒招「東施效顰」之譏！然而有誰抵擋得住流行的致命吸引力呢？流行久了，即使看不慣的也會習以為常，最終還是得跟著流行走啊！所以，流行只是一時的，而風格、特色才是永久的、經得起考驗的。能夠穿出自己的風格、特色，方能獨領風騷，站上至高點。

除了服裝，髮型更是致命吸引力的焦點所在！有些人是長髮為「君」留，有些人則是短髮為「君」剪，身為女人總是犧牲、奉獻，身為女人可也是幸福洋溢啊！光是個頭髮，可長可短，變化多端。從頭髮即可窺探其心事來，有位學姐心情欠佳時，剪髮洩憤，剪髮之後，依然不得紓解，再度穿鑿耳洞，以求快意人生。而男士們亦不甘示弱，也想來一爭短長，有些留著長髮的男士們很用心地打理頭髮，看起來頗具美感，不輸給女生呢！

近日裡發覺頭髮不但日漸稀少，髮質也有所改變，變得既細又軟，也許是體質改變使然，常言道：「富貴不頂重髮」。此說倒也讓人樂於接受，能富貴倒好，然而面對著日漸稀少、又隨時會坍塌的髮型實在苦惱。平素為了游泳，保持了數十年不變的短髮髮型，即便是「千君亦難易吾髮」，而今面對這坍塌、了無生氣的髮型不得不求新、求變。此時此刻更深刻體會到「絕頂聰明」的人是如何寶貝其頭髮了。曾看過一則笑話，說有一位只剩三根頭髮的男士上美髮院洗頭，服務生問他：「先生請問您要梳怎樣的髮型？」回答說：「就編個麻花吧！」怎奈服務生在編麻花時不小心弄斷一根頭髮，趕緊問：「先生，這回要如何打理啊？中分或旁分？」「那就中分吧！」沒想到服務生不小心又弄斷一根頭髮，趕緊又問：「先生，這回該如何打理啊？」先生無可奈何的說：「只好披頭散髮、統統往後梳囉！」

只剩三根頭髮的男士尚且如此寶貝他的頭髮，而身為女性的我們怎可不去理會它呢，任憑那風一吹便如瘋子般的髮型隨風飄揚嗎？說真的，還真是清官難理這理不清的三千煩惱絲啊！即便是妙手亦回春乏術，因而使得我頓然思變；又為了不願再做「懶」女人，只好忍痛割捨，將這陪伴我多年的髮型，將之作一改變。既已心動，就要加速行動。

人生時時在嘗試，不去嘗試，如何有所突破，開創新機？想不到外甥媳婦兒獨具慧眼，在她匠心獨到的手藝之下，幫我做了改變，來個彈性燙，讓坍塌的頭髮回復昔日的彈性，呈現異於往昔的髮型，帶來全新、亮麗的我，整體看來，倍感清新有朝氣，讓我十分滿意。髮型之於人的外貌實具有加分的效果，可以說選對了髮型，在妝扮上等於成功了一半。這一回真的要感謝「花嫁工坊」的小君，在她的妙手易髮之下，不但帶來嶄新的我，也換來朋友的讚美聲不斷，心情一片湛然，萬里無雲。難怪有人說，女人因美麗而帶來自信，因自信而邁向成功，自信就是成功的原動力啊！如今女人將不再只是為悅己者而容，因而，美麗一下哪裡是罪過啊？

當然，如果過於重視外表，就只顯得膚淺而已。我們倒不如以萬卷書來充實內在涵養，讓書香替代巴黎香水，假以時日，由內而外，必能字字珠璣、談吐有味，時刻散發著迷人的韻味、獨特的氣質，則人人樂於親近，這書香氣質就是最好的美容偏方了。我們亦可藉助不斷地運動帶來健康的活力，營造體態勻稱的美。隨著時代的腳步，健美已是時代女性追求的標的了。您瞧！近日裡，多少公眾人物被捕捉到卸妝後的面貌，真是妝前、妝後判若兩人，更凸顯了彩妝的不可倚賴，內在涵養所散發出來的氣質才是最美的裝飾了。

今日易髮成功，明日書香為我妝扮，妝扮美麗人生，讓舉手投足間均能魅力四射，加以運動輔佐身心，帶來健康、全新、亮麗的新自我！此時此刻，不得不慨嘆：時不我與，趕緊抓緊青春的尾巴，俏麗佳人向前行！

金門日報　二〇一〇年七月二日

陪兒子學車記

進入科技時代的今天，車子已然成為必備的交通工具之一，而開車就順理成章地成了一項必備的技能。這就好比當年的我們在小學畢業前一定要學會騎腳踏車一樣，為的是方便畢業後可以騎車去到離家較遠的國中唸書一樣。如今，隨著科技的進步，人們的腦筋也越加靈光，您瞧！小朋友早在幼稚園階段，甚而在進入幼稚園之前就已經學會騎腳踏車了，一如現階段尚未進入職場的青年也早已具備開車這項基本技能了，一切似乎皆向前推進了若干年，讓人不得不信服這應是累世的智慧所以致之的啊！亦讓人不得不感嘆時代進步的神速而思急起直追，以求跟得上時代的腳步，做一位e世代的新新人類。

因而在好久以前，總是想方設法的鼓勵、誘導孩子們學開車、考駕照，然而，一個個皆不為所動，也許出門皆有老媽、老爸忠誠不二、隨傳隨到的專屬司機接送，有無駕照對他們來說似乎無關緊要，導致無法深刻體會出駕照的必要性，也就日復一日、年復一年的度過了許多年，直到近日裡，看兒子等待服役前的這段日子閒閒無所事事，再次慫恿他，並帶他去市港海邊試開了幾次，產生了興趣，才興起了考照的意願。

為了兒子考照乙事，全家作息作了一番調整，我們提前、也縮短了市港海邊靈犬路總管的放封時間，以方便老媽晨泳歸來再接送兒子赴駕訓班練車。一人的目標呈現，家人傾全力相互配合，不但處處洋溢著更為緊實的生活作息，也帶來無比的活力，就連快樂的氣氛中也蕩漾著滿滿的希望，恰似一股時時激盪著的暖流，不停的迴旋、盪漾，迴旋、盪漾……。這樣的感覺好似隨著空巢期而失落好久好久了，如今再度拾得，何等溫馨與快慰啊！

處此油價飛漲的非常時期，節約減碳，人人有責，心想：在這學車短暫的一小時裡，我不如待在駕訓班的辦公室裡等待，看看書報或塗塗寫寫，省卻來回奔波，費時又耗油。但，兒子竟如是說，你待在這裡好像很奇怪也！真是「一語驚醒了夢中人」，讓我不敢再作如是想，只好另謀計議，您瞧！如今可都是現代版的「孝子」、「孝女」啊！當下靈機一動，想到了一個好去處，那就是美稱為我家後花園的林務所國家森林公園。

一大早，蟲鳴鳥叫應和著涼風徐徐，恰似一曲鳥鳴協奏曲，分外悅耳動聽，園丁們在樂聲的薰陶中陪伴著早起的鳥兒一起工作，有的搬運沙土、有的割鋸樹枝、有的清掃廁所、除蟲、施肥、移植、灌溉……等，一一就序，全方位的動將起來，並帶來朝氣蓬勃的一天，大家為維護園區的整潔美觀而賣力工作。然而，遊客稀少，大家竟遺忘了人間還有這一處寧靜幽美、遺世獨立的人間天堂，特別是逢此初秋時節，秋風送爽，既沒有酷暑的難耐，又沒有寒冬的凜冽，在此景色宜人的季節裡，就我獨自一人享受這一大片美好的人間美景，實在是奢侈之至啊！

往昔來此，看山看水、看花看草、漫步觀鳥、遊園賞景……，信步走來，擁抱一番雅致好心情，而「暮鼓晨鐘」是非得去敲它幾下以示「到此一遊」的景點。我總是如此這般的隨興之所至，漫遊一圈旋即歸去，鮮少有獨自一人坐下來寧靜欣賞、獨處沉思的片刻時段，總以為要活就要動，而運動就是不停的動，充滿「強勁有力」、「競技為先」的動，才叫做運動，殊不知以寧靜的心靈來對抗塵世間的紛紛擾擾是迫切需要的。這些日子我都一大早獨自一人來到園區，放空自己，享受真實的當下，感到分外舒暢、開懷，也讓我深深有感於：放鬆才能讓心靈得到最佳的調適，而獨處方能帶來適切的心靈沉澱與反思。真的，自個兒一人於此得以天馬行空的靜思冥想，天大地大我最大，感受真是大不同啊！

林務所的涼亭四處林立，造型迥異，各有風格，我選擇了這座我偏愛的竹搭涼亭，它是少見的長方形，造型高雅，不同於一般圓形、多角形的造型。落成時懸掛的彩球、燈籠雖已留下歲月的刻痕，但如今依然是大紅燈籠高高掛，一點兒也不失當年光彩。仔細觀察，還可發現貓頭鷹造型的飾品高高盤據在屋頂上，圓睜睜、虎視眈眈的居高臨下，好似在搜尋獵物般的無比威武，尤其傳神。

這座涼亭十分舒適宜人，座位依涼亭四周而設，應可容納十人左右，別有一種特殊的溫馨，我一來便坐上一個小時左右的光景，享受著涼風送爽，靜聽那風聲鳥鳴、以及園丁們之間的竊竊私語、開懷暢談，雖不知他們論東道西所為何事，但言語的抒發讓人心情平靜、格外快活！瞧她們表現在臉上的神韻當不難明白其快樂的心境；再聽那鳥兒啁啾不已，不正也是在傳遞著一份快樂的信息嗎？

證嚴上人要人「心存好心、口說好話」。那位面相圓潤豐腴的園丁瞧我帶著紙筆坐在涼亭內疾疾書寫，還以為我是正在準備參加高考的學子呢，直讚美我如此的認真用功，實在讓人感到窩心，真正是美言一句三冬暖啊！的確是執行了「口說好話」的美德，雖然所言有些誇張，但不管怎樣聽起來還是讓人倍感溫馨、開懷無比的。畢竟是歲月不饒人，年輕不再，卻還讓外人誤以為正當盛年，準備高考呢！為此，心中不得不暗自竊喜一番！難道我看來有此涵養、氣質嗎？能有此雄心壯志參加高考，又豈是泛泛之輩啊！所以，聽起來真是叫人打從心底的開心，只是當思緒回到現實的世界，徒加深我無限的悵惘與時不我予之嘆！

很快的，隨著一個多月時光的流逝，我從穿著防曬衣、帶上口罩陪兒子私下練車，一直到轉交給駕訓班；從他完全陌生於機械的操作，到運用自如；從他新手上路練習，一直到純熟；從膽顫心驚、有驚無險一直到高枕無憂，我都是坐在駕駛座旁的前座，這一路走來，讓人開心、讓人欣慰！當他拿到駕照的當下，心中更有一股說不出的喜悅，不由得讓人想讚嘆一番：年輕真好！年輕就是一身滿滿搶不走的財富啊！真的，學習要趁早。

兒子學車的這一段期間，我在園區內閱讀、書寫、冥想，甚而享受不一樣的早餐時光，雖然，步調緊湊，卻帶來心靈無比的歡愉與至高境界的享受，想不到因兒子的學車，還附帶為我帶來另類的心靈饗宴，想想人生中的際遇應該都是俯拾皆是的甜蜜收穫吧！端看您如何去感受與解讀囉！當然，更重要的是要懂得去把握當下，珍惜現在，並好好享受、體驗那真實的當下，因為，快樂的時光總是特別短暫，霎那間便成永恆了。而更加開心的是：自今而後可就多一位「副手」得以專車接送了。

金門日報　二〇一二年二月二十三日

打火兄弟

在我根深蒂固的思維裡，救護車鐵定來自於醫院，從沒想過它也有可能是來自於一一九系統，雖然那斗大、醒目的字體顯現在一一九車身，但怎麼也無法跟消防局聯想在一塊兒，總認為消防局是在救火的。即便是前年清明節掃完墓，大夥兒正離開園區時，家兄竟突然不支倒地，機警的三哥趕緊撥打一一九，不一會兒救護車馬上到來，及時掌握住這寶貴的黃金時刻，真是「好佳在」啊！一一九功不可沒，幫了個大忙！雖然現場有兩位醫師、一位護士在場，然而，處此不明狀況，還是非得上醫院做進一步的檢查、檢驗不可；再說，雖然車子就在旁邊，但畢竟欠缺救護、搬運的功能，所以，依然是英雄無用武之地，還是非得倚賴救護車、擔架床不可，真是工欲善其事，必先利其器，否則全然無法發揮救護之功效。因而，在緊張、無助之下，一一九為我們解決了困境，帶來一線曙光，真是功不可沒啊！家人為此真真是千謝萬謝、感激不盡！思登報以銘心中謝忱。但我還是不曾將救護車和消防局聯想在一塊兒，也許這就是先入為主的觀念使然吧！

直到兒子抽中替代役，赴成功嶺受完訓，之後抽到消防役，轉赴專業訓練中心受訓，方知消防原來是這麼一回事，當然，孩子也都欣然接受，將之當做一種磨練。心想：只要孩子ok就好了，而且消防役可能還會比其他役別學到更多、更實用的東西，諸如：瓦斯爐火的基本安全常識、救火、救災還有救人……等方面的知識，這些技能不但實用且十分必須，學到之後，可就受益匪淺，用在救人等同於做功德，而它也的確是功德一件啊！

當兒子結訓回到家鄉，才驚覺原來金門的消防役也並非只是救火而已，所以並不是想像中的輕鬆好玩。孩子才一踏上家鄉的土地，便加入協尋后湖海邊失蹤老人的行列，當天正處於寒流來襲的惡劣天候下，既冷又凍、衣服又單薄，且不論是深夜或是凌晨，幾乎是全天候，二十四小時輪番在海邊尋找，對於他這等年紀，剛離開學校、尚未踏入社會的社會準新鮮人面臨此等狀況，還是有著多多少少適應上的困難，例如在「烏漆嘛黑」的海邊，能不顫慄？能不心生恐懼之幻想嗎？這種人生初體驗必也是絕無僅有的人生第一次經歷。站在一個母親的立場，雖然有諸多愛子、護子的情緒與心態，但我還是極度的克制，並多方面地鼓勵、讚賞，誇讚這些都是義舉、善行，都是在做公益、積陰德啊！

然而，說歸說，做歸做，說跟做是兩碼事，聽聞有的孩子在面臨嚴重、驚悚的救護現場時，還是會受到極大的驚嚇，以致於夜夜難以入眠，做媽媽的只得找傳統療法來幫孩子「收驚」解厄呢！除此，還有所謂的「夜間值勤」，依然得面臨更多的突發狀況，使人無法夜夜好眠。沒想到消防局裡時時有著極度難以理解的重重困難，諸如，一些交通事故、意外事件、老人問題……等，這都屬於他們的責任範圍，再加上內部勤務更是繁多，不勝枚舉，說多少就有多少。經歷過這些種種的體驗與磨練，真是讓這些社會準新鮮人經一事、長一智；不僅如此，因為生活規律、飯量較前增加，體格略顯健壯，性格似乎也更加開朗、健談，這些好處全一一的散發在日漸豐腴的臉上，特別在應對、進退上也都顯現出令人滿意的氣度。

值得一提的是，兒子還主動參加縣長盃桌球錦標賽，讓我大感意外！頗感溫馨的是：賽前局裡還特地排定練球時間、地點，真是貼心的安排！實質的鼓勵與讚許！賽前我也特別提醒：金門可是高手雲集哦！沒有桌球基礎鐵定輸得很難看，一定要先做準備。開心的是他們擁有正確、健康的心態，所抱持的信念是：「響應活動、志在參加、不在得名」，能有這樣的胸襟，何其偉大！何其超凡入聖啊！有些人是不打沒有把握的仗，當然，能有「勢在必得」的雄心壯志固然好，但是，得失心太重就失去運動之初衷與本意了，所以，全民若皆能有此共識，大家一起動起來，必能發掘更多運動好手，營造更濃烈的運動風氣，相信在此共識之下，名與利就不會顯得如此的重要了。其實抱持自我挑戰的心理會讓人更加的自在、無負擔，真的，既然參加比賽，就要有運動家的精神，勝不驕、敗不餒，若能將運動當成是健身之道，你就更能樂此不疲了。所以孩子的參賽讓我既訝異又開心，雖然與獎盃無緣，但是心中還是有著無限的驕傲。

如今，每當送婆婆赴署立醫院洗腎，若有幸碰上救護車也在場時，總會為這些工作人員獻上一抹燦爛的微笑和仰慕的眼神，為他們的付出加油喝采；且不論何時何地，每當耳邊傳來一一九的聲響時，不再是事不關己，總會放下手邊的工作，靜下心來冥想、祈禱，即便是夜深人靜時，不再覺得它的聲響刺耳、擾人清夢，反而覺得一件偉大的事業正在進行呢，總讓我想到這些勞苦功高的打火兄弟們又在做善事、積陰德了，當然也會想到我的孩子也是一一九偉大的一員，一股驕傲之情就不自覺的油然而升了。

金門日報　二〇一二年四月二十八日

再累也要陪你去散步

常聽人說：「真是好狗命啊！」此話應是說人「運氣好」、「好命」之意吧！說此話的人還真有先見之明和超人的智慧呢！因為他早已深深地悟出能當一隻狗應是上輩子修來的福，才有今世的好命吧！試看，現代人所飼養的寵物狗凌駕在一切之上，就可明其就裡了。

說真格的，狗真是人類最忠實的好朋友，不但忠心不二，還是最佳的傾訴對象呢。牠「好」在於不會把你潛藏在心中「不能說的祕密」添油加醋的到處大肆宣揚，所以心事啥人知？唯獨狗狗知曉一切，牠是可以盡情為之傾吐的對象，不但為你的祕密安全把關，省卻後顧之憂，還是一位最佳的心裡諮商師呢，因為潛藏在心中的心事只要能一吐為快，便無大礙，怕的是痛到傷心處，有苦難言！若真到了「無言勝有言」的地步，可就大事不妙了，所以只要有了可以傾吐的對象，問題應該就解決一半了，心情也就為之輕盈、泰然了。

再說，狗能為你排遣寂寞、填補空虛、帶來歡樂。您瞧牠總是靜靜的守候在人們身旁，充當最忠實的貼身侍衛、有形伴侶，陪你度過無聊時光，特別是孤獨的老人，常常是獨自一人鎮日裡可能都說不上一句對話，除了自言自語、自我對話之外，若能有狗兒相伴，與狗對話，相濡以沫，必能發揮語言之功效，且時時腦力激盪一番，散發出言詞之美，如此一來應該就不容易得「老人失智症」了吧，久而久之，說不定還可能成為最佳馴獸師、聽得懂狗語的狗狗超人呢，因為養狗知狗性、近山識鳥音啊！

當身體有不適之時，狗可能還是你第一時間的救命恩人呢，之前看過一部寫實的紀錄影片，描述一位登山受難者，摔斷了脊椎，動彈不得，橫躺於山間等待救援，還好有隨行忠狗守候身旁，寸步不離的日夜守候，一起對抗山風吹襲、豔陽曝曬，還舔山窪露水來滋潤主人，狗兒不但聰明還具有靈性，用牠那變化無窮的吠聲，傳達於千里之外，最終是引來救援大隊，救回主人一命，看了「忠狗救（護）主」的寫實片之後，心中除了感動還是感動！

而且狗狗絕不會嫌貧愛富，趨炎附勢，愛慕虛榮，在牠小小心靈裡一切皆平等，絲毫沒有分別心，不會因你的大富大貴而多愛你一些、多巴結一點，也不會因粗劣的狗食而棄你而去。如今，不知是人類心靈空虛，抑或是文明的後遺症，使得養狗的風潮如排山倒海而來。我們的左鄰右舍皆為愛狗一族，常常是一聲吠、百呼應，聲勢壯大、銳不可擋，簡直可用「震耳欲聾」來形容，稍不留神，肯定會受到驚嚇，每每電話鈴聲響起，牠更加的氣燄高漲，好似盡忠職守的警衛，不停歇的吠個不停，話筒都聽不真切，真是吵死人了。黃昏時候是愛狗族群的大會串，一談起養狗經就有說不完的豐富體驗，一個個聊得眉飛色舞、口沫橫飛，各各都誇自己的狗兒聰明、神勇，真真是意猶未盡、不吐不快啊！我想三天三夜都訴說不盡「狗狗經」，若編（寫）成一本精彩的〈狗狗現形錄〉還真是綽綽有餘呢？這蘊藏其中的樂趣除非你也身體力行地養隻狗狗來體驗一下，方能理解，否則還真是很難體會個中三昧呢。

當然，愛狗一族終究還是少數族群，一般人是很難領略愛狗一族的心聲，所以為了狗狗而鬧家庭革命的不在少數；飽受批評、非議的經驗更是多如棉絮；甚而惹來糾紛的依然是大有人在啊！真正是「甘苦吞腹內、心事啥人知？」為此，我真是欣賞「自己不養狗，但是能夠容忍別人養狗」的善心人士；我更欣賞石鎮長在金城地區創建了狗狗運動場，雖然還不曾帶我們家路基前往運動、健身，但我們早已感同身受，感受到這份浩瀚的恩澤！

有一回，我們一起帶路基前往防疫所接種疫苗時，發現籠子裡關著一隻隻可愛的狗狗，有大有小，惹人憐愛！詢問之下，方知這些都是人們棄養的、走失的流浪狗，經過一個月的時間若無人領回或認養，就得接受安樂死的命運，想及此，不覺讓人悲從中來，無限感慨！天地之間，眾生平等，惻隱之心人皆有之，何須如此相互煎熬、廝殺？愛狗人士啊！既養之，則愛之，何苦任其流落街頭，餐風露宿，等待死亡呢？且讓我們將心比心，相信就會有不一樣的作法。我深深以為：愛是一種無怨無悔的付出，亦是一種責任啊！養狗之前還請三思、慎思！近日報上登載著捕狗大隊又增設了新型武器，看了直叫人不寒而慄！想及我家路基真的得好好看管，設若一不小心走失了，還有請善心人士趕緊將之送回，免我日夜懸念及遭受撲殺的命運。

因為家中三年多來朝夕相處的小狐狸狗——路基，儼然已躍居為家中不可或缺的重要分子了，每天總得為牠安排「放封」時段與地點，牠可就真的是「好狗命」啊！真不知牠是哪輩子修來的福？當然，為了牠我們還是多多少少帶來了一些不必要的人、事上的困擾，雖然傷腦筋，但是誰叫我們用情之深！用心之切！無怨無悔的這一份情、這一份愛，唯日月可以明鑑！我們且將它當作是一份甜蜜的負擔，再累也樂意帶牠去散步。

說也奇怪，神奇如牠，早上五到六點與晚上九點下班時刻一到，牠就開始煩躁不安，發出的聲音也與平常迥異，那不是強有力的吠聲，而是「帶點ㄋㄞ」的頻頻低鳴、淺叫，好似告知主人「××，時間已到，我們該出發、回家了。」就像生理時鐘般的準確無比，叫人不得不為此而嘖嘖稱奇，對牠另眼相待。因而，我們不得不早起，雖然多年來的早起已成習慣，但是，在路基的呼喚、催促下，我們更加的規律，甚而比平常更早起，且不論刮大風、下大雨都要帶路基出門「放封」。舉凡陶瓷廠、市港路上、漁港海邊、慈鑾宮風景區、湖前聚落、太湖、羅寶田神父紀念園區、蘭湖、中山林、延平郡王祠、石雕公園、濱海公園……等，都是我們早、晚悠遊散步的健康步道，有了路基的陪伴，真的是走它千百遍也不厭倦。

聰明的路基可是有其強烈的自主性，總要照著牠的路徑走，否則就賴著、趴在地上不走，阿凱曾說：你們到底是人遛狗、還是狗遛人啊！經他如此一說，真是一語點醒。還是他觀察入微，方能說得如此貼切，且不論是人遛狗、還是狗遛人，反正是醉翁之意不在酒，一個願打、一個願挨，大家皆樂在其中就足夠了！若不趕時間還好，否則就得抱著一綂重量不輕、毛茸茸的大線團快走，還真是一大負荷啊！特別是在炎熱的夏季裡，那是加倍的「熱情負擔」，因此之故，只好開車兜風遛狗了，有時候還得一個開車（防牠萬一耍賴不走，還可以車代步）、一個陪著走（讓狗狗有充分的運動時間），為了牠，實得有賴夫妻同心協力的相互配合，方能圓滿完成每天晨起與晚間的重要功課。

路基的記性真好，嗅覺更加敏銳，有一回牠的小主人自台歸來，我們一進家門，許是聞到小主人鞋子所散發出的味道，竟忘了散步回家後的第一件事——喝水，牠二話不說馬上衝到二樓小主人的房間，對著小主人發瘋似的狂舔，又聞、又叫、又跳……，那無所顧忌的熱情實在叫人招架不住，此情此景，任何人都會感受到無比的溫馨，對牠的愛好像都在這一刻得到應有的報償，值回票價了。牠環繞在小主人身旁，寸步不離，深怕他在轉瞬間又消失了蹤影，深怕此一別不知何年何日再相逢？真是一隻敢愛且勇於表達的熱情小狗，多惹人憐愛、惹人喜歡！

之後，每天晚上一進家門都先往樓上跑，再下樓來喝水、吃宵夜。外子還為此而「吃味」呢。幾天後，小主人回台灣了，牠依然連續三天皆是先上樓遍尋不著小主人蹤影，方死了這顆心，您瞧！牠是不是真的是一隻多情的忠狗啊！不僅僅是對他小主人如此，對任何一位家人皆如此，若有親朋好友來訪，正可好好的表現牠的公關魅力與待客之道，任誰也比不上牠的周延與熱情，牠可是一個個來，絕不怠慢任何一位，除了頻頻搖尾示好，更是熱情的撲到你身上，嗅你、舔你，毫不保留的表現出極度的開心、快樂和熱烈歡迎！讓人深深感受到那股受歡迎的程度是凌駕在一切之上，為此，你能不感受到無比的開懷嗎？

每當要出門時，牠總是以那楚楚可憐的眼神望著你，讓你覺得不帶牠出門是一種罪過，所以，每次外子上班前總是「十八相送」般的依依難捨，就像切斷臍帶般的艱難萬分、難以割捨。而離別後的分分秒秒更是如同歲歲年年般的難熬、難忍，真有「相見時難別亦難」之嘆！叫人不得不佩服牠的魅力實在驚人，就像「攝心術」般的把你團團揪住，使你一見牠就開心，再見牠更傾心，甚而幾達「為卿瘋狂」的地步！

在飲食方面，我想沒有一隻狗比得上牠，照理說，牠現在已經是一隻成狗，每天一餐足夠了，但是，每當看到你在吃東西，牠必定乖乖的蹲在你身旁，等候你的餵養、施捨，此時的你忍心自顧自的吃嗎？必也與牠分享一杯羹吧，所以，如此這般，算算一天外加宵夜至少吃上四餐以上，短時間還好，假以時日，可就十分可觀了，如今瞧那胖嘟嘟的身軀，簡直毫無腰身可言，皮下脂肪是厚厚的一層，我真是擔心、真是憂慮啊！這就是「愛之適足以害之」的最具體寫照了！舉凡牛排、雞胗、雞腿、叉燒、三寶、任何可吃的、任何水果…都是牠的最愛，且無一不愛，更妙的是牠還有一絕活——剝花生，牠連花生都愛吃呢！你信嗎？大家看了都嘖嘖稱奇、哈哈大笑，太不可思議了。

服裝方面，就那一百零一套，牠自己那一套雪白的貂皮大衣已夠炫、夠迷人了，外子還趕搭時髦列車，也請人幫牠簡單的縫製了一件以應景，其上還有個大大的「醉」字，雖然有點俗，但可是獨一無二，大大地不同凡響啊！今年寒假女兒在台北也特地幫牠選購了一件狐狸狗的最大size，屬於聖誕系列花色，十分討喜，孰料穿在牠身上竟如同穿緊身衣般的，連胸扣都扣不住，只得像套背心似的套著，胖，還真是另類的悲哀啊！就連這最基本的衣裝需求都只淪為奢求了，還好路基並不以為意，當然大家看了還是開心不已，牠就像大家的開心果、忘憂草，為大家帶來歡樂，再多的煩惱也只好暫擱一旁，留待明天再去煩惱了。

至於住，可真是印證了「金窩銀窩不如自己的狗窩」這句話，雖然，路基跟大家已經是熟稔得不分彼此，沙發椅、床鋪可是不費功夫的一躍而上，但是，睡覺時牠還是寧可待在自己的小天地——為牠鋪好的地毯上。每當牠鼾聲大作時，就是老爸最開懷、最滿意的時候，這時一切都得安靜無聲，不但電視音量調小聲，還得輕聲細語、緩步慢行，唯恐吵醒牠的美夢。牠每天早睡早起，由你帶牠南征北討、馳騁沙場，回家後再獨自慢慢的享受牠的回籠覺、春秋大夢，真是一隻聰明的好命狗啊！當然比起綁在外頭餐風露宿的狗狗，路基可真稱得上是一隻好命狗，也許真的是上輩子修來的福，牠好像是生長在溫室裡的花朵，不知人間疾苦，為此，倒叫我十分佩服那些無人寵愛的狗狗，不知牠們是如何熬過今年奇冷無比的寒冬，一向不怕冷的我都大感吃不消了，何況是鎮日裡拴在樹下的狗兒，無處可遮風擋雨，真的是一枝草一點露嗎？我想應該是勿庸置疑，因為萬物最終皆能找到生命的最佳出口來因應生存之道，上蒼對待萬事萬物都是公平、合理的，越是經過一番歷練，就越能展現一番成就。誠如孟子所說：「天將降大任於斯人也，必先苦其心智，勞其筋骨……，增益其所不能……。」我想：這些狗狗早已練就一身金剛不壞之身了，不論寒冬、或是酷暑，皆無懼於強風吹、大雨淋，設若能將此當作是更上一層樓的一種磨練，相信心中自然就會很坦然、很知足的欣然接受了。

經過這三、四年來的朝夕相處，家人對路基從責任的照顧演變到今日不可一日沒有牠的眷念情懷；從畏懼、排斥、拴綁到如今的抱抱、親撫、鬆綁；甚而是無時無刻、朝思暮想的都是牠可愛的身影；這樣的轉變其來有自。畢竟人非草木、孰能無情？在熱情的催化下，大家都拜倒在路基難以抗拒的魅力下了。特別是在老爸眼中，路基簡直成了完美的化身，不論一舉手、一投足，都是完美得無以復加，甚而牠的任一眼神都是可愛的，而且還觀察出、知曉牠所想是何事，諸如：又在生氣啦！搞自閉啦！開心啦……等，他們人狗二者就好像連體嬰般的成為一體，心神合一。

也不知何時起，大家都想成為路基的訓練師，常拿食物當誘因，訓練牠坐下！握手、換手再握手，搞得路基都煩了，但為了吃東西，路基只得百依百順、配合演出！曾幾何時我也掉入「好為人師」的陷阱，看別人家的小狗不必綁著就能跟著主人四處溜達，著實羨慕！所以，我也想訓練路基能不必綁繩索就跟著我走，特別是牠喜歡坐車出去兜風，若能不帶頸圈、不綁狗鍊該有多好，就能輕鬆自在逍遙遊了，我大膽的試過幾次，從家門到車門這小段距離不牽繩索，讓牠跟著走，還好都能順利，熟料有一回當我正要打開車門讓路基上車時，路基老兄竟來了一段「凸槌」的演出——追著鄰家小弟的摩托車跑了，任我怎麼喊，怎麼追，牠就是不回頭，不一會兒就消失不見蹤影。當下的我心想：這下可完了、慘了！出了外面，這車水馬龍的繁華世界，南來北往、四通八達，何處尋覓芳蹤？況且牠涉世未深，哪知馬路如虎口，人心如蛇蠍啊？萬一牠被撞死怎麼辦？萬一牠被騙去宰製成香肉，我如何向家人交代？這個家會不會因著路基的消失而破碎了？我不敢再想下去了，真是無語問蒼天哪，心情沮喪到極點！路基跑不見了，但手頭上的事情還得做，就這樣心神恍惚地開著車出門去，暫且把路基的命運交給了上帝。晃著晃著，就在我把要交給鄰居的物品送達之後，回頭赫然發現路基正在小公園的青草地上與蟲蟲玩遊戲，還專注的尋尋覓覓，不知所尋為何物呢，真的是「踏破鐵鞋無覓處」啊！這一發現，真的比中「樂透」還開心！心中重擔隨之卸下，真是謝天謝地、阿彌陀佛！由此你就不難理解路基在我家的地位與重要性了。

家中上下，皆以討好路基為樂事，亦以照顧路基為職志。婆婆總要將她早餐的煎蛋分一些與牠分享；大兒子回家總是像抱嬰兒似的將牠抱著，不僅是抱著而已，還來回的搖晃著呢，真是舒服啊！有一回，於蘭湖漫步時，故意將炸雞撕成小塊小塊的散布在各角落，讓牠來尋寶，藉以測試牠的嗅覺與靈敏度，老爸則是緊張得頻頻予以暗示，讓在一旁的我啼笑皆非；女兒則親撫牠柔順的毛髮，喜歡跟牠惡作劇，常為了一份狗食要牠做這、做那，甚而要牠跳越過人體才得以吃東西，然而在美食的誘惑下，路基還真是辦到了！後來漸漸增加困難度來考驗牠，但是，無論如何都難不倒身手矯捷的路基，牠一連跳躍個兩三回都不成問題。這些種種，皆惹得老爸心煩、不忍，然而，之所以如此都是因為愛牠才想逗牠玩啊！真是歡喜冤家。至於小兒子，雖然是牠的第一位小主人，但他總是對牠頤指氣使的大聲吆喝，老爸最看不慣，但路基對他卻是百依百順、言聽計從，毫無怨言，真是忠狗一隻啊！也許小兒子在台期間為牠把屎、把尿、買玩具、添購必備物品……，犧牲、奉獻，路基都瞭然於心，才不與之計較吧，也因為那是路基與生俱來的仁厚天性吧！這一點倒是值得大家多加學習呢。

去年的一個仲夏夜晚裡，照例帶牠兜風去，為了享受涼風陣陣，刻意把車窗全部搖下，讓陣陣涼風梳開牠濃密的「秀髮」，孰料當車一停妥，眼尖的牠馬上瞧見不遠處的兩、三隻大狗狗聚在一處嬉戲、玩樂，也許平日孤單一狗慣了，如今極渴望友誼的滋潤，於是牠老兄竟不顧一切的飛越車窗，直奔大狗的懷抱，緊張多心的老爸擔心牠被大狗欺負、咬傷，也奮不顧身的連跑帶爬的跟上，演出一場轟轟烈烈的「英雄救美」。然而老爸在緊張慌亂中竟摔了個正著，整個手肘被水泥地擦傷，傷口歷經三、四週才完全癒合，任何人聞知莫不搖搖頭、長嘆一聲，還虧他是力行長跑的運動員呢！然而老爸卻是無怨無悔、愛狗如昔，有道是情到深處無怨尤，為愛犬犧牲一切皆在所不惜啊！

如此愛狗兒，「洗澡」的大事當然就非老爸莫屬了，還得兼任牠的美容、美髮師呢，洗澡時，牠安靜、可愛，像隻小綿羊似的乖順有加，然而洗完澡之後，不知是何處不對勁兒，牠老兄總是死命的衝啊、跑啊、跳的……，一身的蠻力加上一刻也不得安寧的躁動，您想像得出那景象嗎？看得我們都為牠焦急、難過呢。然而洗完澡的牠更加魅力四射，瞧那一身雪茸茸的長毛說多美就有多美，多純潔就有多純潔，難怪婚紗都選用白色，它代表著的是純潔無瑕、晶瑩剔透，人人看了都歡喜！

而我的待遇呢？也只有一「慘」字可說。有一天發現牠正在啃一塊雞骨頭，那一刻正是牠正吃得津津有味的時候吧，我擔心牠把骨頭吞下刺傷了胃，於是我伸手去拿牠嘴裡的骨頭，說時遲、那時快，牠老兄竟凶巴巴的一反口把我的手給咬傷了，傷口就在近中指的手背處馬上腫脹，濃血冒出、瘀青一片，真是嚇死人了！牠老兄竟沒事兒樣的老神在在，被我罵了之後，才稍稍收斂些。然而無知如牠，罵了也是白罵，打了也是白打。我當然是一肚子氣，但想想牠平常是乖巧有加、熱情如火，人不犯牠、牠也不犯人，因此，只好包容牠了，畢竟牠也有最起碼的狗性尊嚴，「吃飯皇帝大」啊！誰叫我在牠吃得津津有味時來找牠碴呢？

又有一晚，下班後於蘭湖散步時，由於最近的天氣陰晴不定，變幻無常，大白天氣溫高達二十六度，一到晚間氣溫驟降十來度，真難因應。那晚又是寒流來襲，刮起北風，為了牠，還是走了一趟蘭湖。到了蘭湖，原本想找一處較不受風寒之隱蔽處讓牠走走，紓解一番心緒就好，但牠不肯，最後還是勉強陪牠繞湖，心想：我就以慢跑暖身，讓慢跑驅走寒意，這還是可行之道。跑呀跑的！怎奈我竟踢到不平的石板路面，身體一下子往前摔了出去，整個人趴倒在地面，這簡直是「以卵擊石」、勝負立判嘛！唉！這一大把歲數了如何摔得起？我還不曾摔這麼慘過呢，外傷我是不在乎，但這內傷可是不得了，當下胸口疼得厲害，過後兩邊肋骨更是疼得不輕，連深呼吸、咳嗽都疼痛不已；膝蓋骨瘀青了，手臂內側也酸痛不已，唉！大大的不舒服啊！真是無奈喔，好心好意為牠，卻得到這般待遇！雖然不能全然怪他，但是還是叫人不勝唏噓，人不如狗啊！

如今，每天晨起的例行功課依然是市港海邊，或太湖，或榕園，或羅神父遺址，或……，晚上下班之後仍然帶路基前往蘭湖漫步一圈，或金大校園，或湖前聚落，或……，即便是再累也要帶路基去散步。

金門日報　二〇一二年七月三十一日

節儉的小孩

古人有言：「大富由天，小富由儉」。這真是一句發人深省的話語啊！前一句勉勵人們不必為了追求財富而像「拼命三郎」般的奮鬥不懈、努力不休，因為一輩子所能賺得的財富在冥冥中似乎早已注定，那是強求不得的呀！再說：有得必有失。即便是真的讓你賺到了全世界，卻因而賠掉了自己，那又如何呢？那可真是得不償失啊！所以，富貴如浮雲，無須強求。而後一句則又勉勵大家，雖然並非人人皆能成為大富大貴之人，但是只要憑藉著不斷的努力，勤儉持家，節約用度，必也能累積財富，即便成不了大富翁，然，小富可也，所以，「小富由儉」這句話倒是帶給有心人莫大的鼓舞與振奮作用，因為，只要努力工作，養成節儉的好習慣，日積月累、積少成多，終有一日必定能成就偉大的夢想。所以，這句話既要人們認命知足，不強求富貴；又勉勵大家養成節儉的好習慣以致富。真是至理名言啊！

古人也勉勵我們：「由儉入奢易，由奢入儉難。」善哉斯言！的確，要從儉樸的日子進入到奢華較之於由奢華回歸儉樸是簡單、容易得多。因為再多的錢財，終有耗盡的一天，倘若不知節儉，一旦奢華成性，則即便是金山、銀山，也不夠揮霍啊！設若有那麼一天真要再度回到儉樸的生活，那肯定是艱辛萬分的，所以從小就得培養節儉的美德，那才是終生享用不盡的財富啊！而所謂的節儉，乃是當省則省，該用則用，絕不是和吝嗇劃上等號的，那是愛物惜物的最佳體現。所以，若能養成節儉的習性，將是終生受用不盡的無價資產。由此觀之，節儉乃人人必備且必須養成的美德。

我的孩子中，就屬大兒子是與生俱來的節儉成性，真是節省到有點誇張，節儉到讓我不捨。他常年穿同一件制服外套，經我一再的勸說之下，過完年才換穿另一件外套赴台，也許是對新外套不習慣吧，使得放在外套口袋裡的皮夾竟不小心掉落在捷運上而不見了蹤跡，這一掉可是非同小可，身分證、健保卡、提款卡、悠遊卡、現金……全在裡頭，全都得重辦一次，甚是麻煩。後來我感覺得到他為此深感自責，因為有一次他告訴我，他發現宿舍有微波爐供人使用，所以買一個便當可當兩餐吃，另一餐則將剩餘的便當用微波爐加熱後再吃，如此就可慢慢彌補遺失皮夾所造成的金錢損失。聽完之後，讓我深自懊惱、極度不忍！當時他告訴我丟皮包的時候，我不但沒有好好安慰他，還責怪他。現在想想，我實在不夠細心，有些人是十分自愛的，語氣稍微重一些，就令其心生難過，更何況是千里之遙的隔空對談，我在完全不知其反應、無法察言觀色的情況下所說出來的話語，肯定是讓他難過、自責；況且他又是如此節儉成性的人，難怪他會為此耿耿於懷而尋求彌補之道。其實，這點小事兒比起人生的驚濤駭浪，又算得了什麼呢？人生幾何？何不豁達一些，且讓我們笑看人生，瀟灑面對、走它一回！

再回想從前他上補習班時，我們的接送聯絡方式，聰明的他竟想出了一個省錢的妙招：每當下課要我去接他時，我們之間的通關密語就是他撥手機告知我，只讓手機響而我不必接聽，如此既不必花錢又可達到告知的目的，我們可真是配合得天衣無縫、完美無缺啊！他從小就是這般的用心去思考每件事，有些想法還真是天馬行空得讓人訝異萬分呢！記得國中時，他十分心儀一件白色羽絨外套，大陸舶來品一件只需兩百五十元，而Hang Ten則需花費三、四千元，小小心靈竟能割捨心中所愛，他說：「等我長大會賺錢再買貴一點的，現在我還不會賺錢，買兩百五十元的就可以了。」我一再勸說，東西品質有所差異，一分錢一分貨，不必在乎那區區小錢，實用、保暖才是需要去考量的重點，但固執如他，最終還是無法接受我的建言，依然是捨Hang Ten而買大陸貨。處此生活富足的社會裡，這麼有原則又節儉的小孩好像不多了。

再說，如今已經少有人穿著縫縫補補的「補丁褲」了，即便是有，必也是新潮時尚所標榜的，具有特殊造型效果的「洞洞褲」。有一回，我發現他的褲子破了竟然還是穿著，想把它丟了，他說不必，所以我只好把褲子拿去請人修補了，他絲毫不以為「不雅」的繼續穿著，還視為理所當然呢，他就是這般的節儉到家，節儉到不在乎普羅大眾所刻意追求的最起碼標準，殊不知人要衣裝啊！真不明白這般的節儉是不是個好現象？

反之一想：其實，只要心中坦然、踏實，一切就都ok了，又有什麼不好呢？何必盡是去在乎、迎合一般世俗人的眼光，若真要去在乎，那可真是沒完沒了，沒了自我，沒了格調，而他小小年紀卻早已練就了此等心態去坦然面對一切，實屬難能可貴，讓我望塵莫及！

而一個懂得愛物惜物之人必也格外珍惜他所擁有的一切，當他負笈異鄉求學，特為他選購了一台Sony筆電，在當時來說，算是蠻高檔的，陪我們去選購的表姐就說了，「哇！三阿姨這麼大手筆，真是捨得哦！」瞧她發自內心羨慕的言語，讓我也心感滿足，好像真的是買對東西、送對人，也值回票價！因為，為懂得惜福、感恩的孩子花再多的錢都是心甘情願，都是樂意、捨得的，瞧他心滿意足的愛不釋手、備加珍惜，你就會感到十分值得、十分開心。寒假歸來，他的筆電依然保管得完好如新，不容他人之手隨意碰觸，還視之如瑰寶呢，我以為：能如此珍愛物品，知福惜福，應是有福之人！這點最叫我欣賞、滿意！

由於他的節儉、不會亂花錢，所以他的零用金我總是整筆匯上，省卻每次匯款的不便，今年卻發現有異，竟然幾番聯絡不上，讓家人好生擔憂！心想：這零用錢真不該一次給匯足，當他沒錢時自然就得向家中報平安、求救兵了。後來才知道錯怪他了，原來他的手機壞了，以致失聯多時，但這也太扯了吧，如此讓父母擔心，太不應該了，知道節儉固然是好事，但向父母報平安之事豈容疏忽？必也當日日報平安，以寬父母心啊！

那一陣子著實讓我焦急又心煩！有一次我們夫妻倆赴台看望他們姐弟倆，他竟心疼的問著，你們這一趟來回可要花費不少的機票錢吧，還叮嚀我們倆老不必這樣大費周章的老遠跑來看望他們，既勞神又傷財，他們會好好照顧自己的。他的孝心及周延的想法實在讓人窩心，他的節儉讓人開心又不忍，而他的貼心，真是讓人歡欣又開懷啊！

每當美食當前，他和一般小孩不一樣，總是鑾有節制的不會因喜好而暴飲暴食，或專挑喜歡的吃，而且總是十分感恩的、知足的細細品嚐。他常這麼說：「這麼好吃的菜，可以讓我配上兩碗飯。」或，「這麼鮮美的蟹肉，足足可以配上兩碗飯呢！」聽了這樣的話語，哪位媽媽能不感到溫馨、開懷呢？如此的表現，更加凸顯出他那務實的特性來，也讓人越發想做些好吃的或他喜歡的菜色來博取他的歡心，難怪外子一發現市場上，有紅蟳、螃蟹，必定買回，加以烹煮，剝殼取肉，冷凍處理，再親自送達台北，靜靜的欣賞那滿足的瞬間，就感到無限欣慰了。我們也從他的品味中感覺到他真是個知福、惜福之人，真的！要能知福、惜福，才有享不盡的福！

再說：只要他想學的，必定十分投入，且能有一番成績展現，相反的，他不想學的，我們就都沒轍了。就拿他喜愛的數學來說，我還真是佩服他呢，在學測中能拿十五級分的滿分成績，還真是不簡單呢。我深以為任何事情，只要是拿滿分、得第一，都必須有相當的能耐，當然更需付出一番心血，方能出類拔萃。最難能可貴的是聽某位老師談起，每當考數學前的自習課，他身旁必定圍繞許多問問題的同學，他就是如此的熱心助人，且十分樂意為人解題，完全不具一點私心，為此，我還特地口頭上讚美他一番！他很客氣的說，只要是我懂的，當然就要告訴人家、幫助人家啊！您瞧！他是不是可愛至極？他，就是我欣賞、喜愛的孩子。

有一陣子他十分熱衷於魔術，在無師自通的情況下，花費大量心血深入去研究、鑽研，尋求破解之道。不僅如此，還買書、買CD片來細細分解過程，所以，在每一次成功的戲法過後，大家都為他的巧手瘋狂，無不是驚叫連連、讚嘆不可思議，並期待再一次的表演，姊姊也趁機向他學得了簡單的一招半式等待機會來唬唬別人。會變魔術還真是件開心事兒呢，特別是在享受「劉謙」見證奇蹟的一刻，讓大家大大地滿足了奇特的新鮮感！觀看魔術表演真是賞心悅目啊！難怪會變魔術的人到處受人歡迎。以他的聰明、巧手和用心，若能加上名師的指引必有一番成績，只可惜彩虹一現的豔麗僅只是一時點綴了生命的星空，他現在已不熱衷魔術表演了，相信：只要他願意，未來依然有燦爛的遠景，因為，他還年輕，年輕就是本錢，就是最大的財富。

在書法上，他曾經大放異彩，得到全縣國小組第一名，這份殊榮都該歸功於陳為論老師在他小一、小二時為他們奠定的硬筆字基礎，以及受教於洪明燦老師書法班所調教出來的學習成果，再經金湖國小黃芸芸老師的悉心指導，歷經了這些名師的殷殷指導所孕育出的好成績，雖然這些都已成歷史，但在我心中依然是可資回憶的點點滴滴。還記得當年書法比賽於城中舉行，當天下午馬上就公佈成績，為此，我們還特地前往查看成績，當時竟不敢從第一名看起，當希望一再落空之後，心情也隨之盪到谷底，不料最後的結果竟讓人喜出望外，大呼不可思議！也許人生就是這樣處處潛藏著許多不可知的驚喜，才讓人覺得生命頗具意義吧！

也不知他何時愛上了王羲之的〈蘭亭集序〉，特地買了宣紙來加以臨摩，花費了不少時間，那可真真是下了一番細功夫呢。完成之後，他特地加以裱褙裝框，高掛在客廳，以資時時欣賞，不但收到室內美化的裝飾效果，還為家中增添不少文化氣息。只是答應贈送給劉卓維老師的〈蘭亭集序〉，至今依然是了無音訊，怕是要「食言而肥」了，畢竟那是「彼一時」的當下心境所許下的承諾，不知「此一時」他老兄還算不算數？

在繪畫上他亦表現不俗，曾經拜師在楊文斌老師門下，還頗得老師的讚賞，從好友轉述中得知老師非常欣賞他有這方面的天賦，還說：「若不是因為他選讀理組，否則一定鼓勵他報考美術系。」慚愧的是，為人母的我，竟無法善盡職責，發掘孩子的潛能，總把這一切歸之於命運使然，但所謂的命運，應該還是操縱在自己的手裡才是，命是既定的，而運乃人走的路啊！所謂「時來運轉」，相信大家都可以藉著努力來開創自己輝煌的未來，所以，自己的人生方向、自己的未來依然掌握在自己的手裡！雖然逝者已矣，但來者可追！設若《我的開心農場》得以出版問世，一定要請兒子代為畫插畫，一則讓他發揮上天賜與他的天賦，再則《我的開心農場》在母子的齊心努力之下會更具價值與意義，這將是我明年度的偉大夢想，但願美夢得以成真！

歲月如梭，轉瞬間兒子替代役即將告一段落，未來的另一段人生旅程即將開始，此刻走在人生的十字路口上，面對著千行百業，何去何從？真是一大挑戰，然而，現代為人父母也實在無法掌控、決定孩子的未來，惟期盼上蒼賜福與孩子，使其懂得善用智慧，審慎思考，做出明智的抉擇，選擇正確的人生方向。相信只要肯努力、肯打拼，人人皆有出頭天。又處此瞬息萬變，物價、房價齊飛飆漲的大環境裡，所幸兒子早已養成了節儉的好習慣，在還沒開源之前，就已先學會節流，他已經比別人先跨出一大步，知道如何因應未來了，為此，我更深信：節儉是一輩子受用不盡的財富和傳家之寶。

金門日報　二○一二年十一月六日

新春龍海一聲雷

剛辦完了歲末音樂會——聽咱ㄟ歌，緊接著就是快樂新年。

過年期間，大家忙著張羅過年事宜，家家戶戶除舊佈新，到處洋溢著歡樂，一片喜氣洋洋，雖然只是短暫的歡聚，但依然帶來沸騰的人氣，為這寒冬加溫不少，這送往迎來，真是熱絡非凡啊！君不見一個個是眉開眼笑，家庭主婦們雖然忙碌，但是忙得開心、忙得快活，潛藏不住的喜樂綻放在眉頭。

隨著工商業的進步、繁榮，7-11也盛行於民風淳樸的金門，不但終年無休，且二十四小時不打烊，醫院急診室則是夜不閉戶，永遠敞開大門，一一九更是人民的最佳守護神，始終是站在第一線為全民把關、守衛……，而金門縣合唱團毅然決然的見賢思齊，不畏寒流來襲，不怕風強浪高，即便是淒風苦雨，依然無視於橫逆，昂首向前，進行又一次的國民外交，為兩岸和平加分無限。

我們搭乘第一班開往五通的航班，一大早出發，這是一個飄著毛毛細雨的清晨，可說是寒風刺骨，凜冽非常，依照老一輩的說法：那應算是「下霜」也！如此寒冷的天氣出遠門，真是難為夜貓子起個大早了。然而首次擁有高級長官前來送行，大家都顯得無比光彩、興致昂揚，真是備感榮幸啊！非但忘卻了寒意，倒像是帶了暖暖包在身上一般的無限溫暖。新科立委楊應雄先生暨夫人、縣長大人（金門縣合唱團團長）、副縣長大人（金門縣合唱團副團長）早早蒞臨水頭碼頭，來為我們送行並帶上期盼與祝福，期盼大家行銷金門，載譽榮歸，這一劑強心針真是適得其時啊！讓人心情雀躍、開懷！全團士氣為之振奮不已，信心十足、勇氣百倍的昂首闊步漳州行。

前來迎接我們的，是漳州龍海市學校藝術團團長——林國輝先生，他一身樸實的打扮，若沒見到二月四日晚間龍海市學校藝術團元宵音樂晚會，你定會以為他是何許人啊？在第一個節目國樂合奏〈故鄉韻 兩岸情〉，他搖身一變，西裝革履再加上sedol過髮型，擔任指揮大師，當他的真實身份曝光，大家無不嘖嘖稱奇，訝異萬分，真是「人不可貌相」！雖然他已退休，但體力足、實力夠，完全看不出退休人員的老邁。而且他一點也不倚老賣老，大小事情皆一身扛起，諸如：當天下午的彩排，主持人沒來現場，由他全程代理。不僅如此，他幾乎是「全程」的「地陪」身份，如此的身兼數職，真是難為他了，因此，讓我們無比的佩服並感恩他的熱誠接待。多年來，登「陸」無數，接待人員不知凡幾，他還真是絕無僅有、身兼數職、罕見的全程地陪人員啊！讓我由衷的感佩！千言萬語道不盡心中的感謝，此時此刻提筆書寫，再次想起當時景況，留存在心中的，依然是「感謝」兩個字。

由於尚處於春節期間，雖然各行各業都已經收心上工了，但是老一輩的在其年代裡，總是認為：元宵尚未結束則表示年亦尚未過完，所以在人性化的思維下，全體團員暫做放鬆——逛街、泡湯（海水溫泉）……，悉聽尊便，特別是在林團長的勸勉下，多麼希望我們要放鬆、放鬆，不要給自己那麼大的壓力，沒那麼嚴重的，過年期間難得來此，好好的玩吧！讓我們滿是欣慰！滿是感激！真的！十足的放鬆，才能顯現優質的演出效果，過度的緊張與壓力，只會適得其反而已，因而拼搏在平時，上場就得靠平時所累積的實力及臨場經驗與機智反應了，所幸我們有身經百戰的指揮——李大師幫我們罩著，激發我們，將最好的一面呈現出來。

冷颼颼的天氣，泡湯真是一大享受，較之於逛街，我更加嚮往泡湯。「主人勸我洗足眠，倒床不復聞鐘鼓。」這是詩人蘇東坡親身體驗到睡前洗腳、泡腳的好處。由此當不難體會泡湯所帶來的身心舒暢，不但打通任督二脈、促進氣血循環，還帶來一夜好眠，真是好處多多啊！難怪多少人泡上癮，而且這又是金門地區少有的享受，難得有此機會體驗，無怪乎大家皆趨之若鶩，心神蕩漾……。

這裡的溫泉乃導源自海裡，是道地的海水溫泉，難怪被水花濺到會有鹹鹹的味道，我這「劉姥姥」只知有硫磺溫泉，還不曾聽聞這海水裡也會有溫泉，真是孤陋寡聞啊！

走過琳瑯滿目的一池又一池，還真是多得讓人記不住它的名稱呢，而且完全是任君選擇，我想：這應比楊貴妃的華清池更加奢華吧！大家邊泡、邊聊，不但泡出了汗滴，也聊開了心事，真是寒冬裡的一大享受與紓解啊！還有強力的沖刷spa，帶來極大的震撼，那溫熱的石板更是讓人放鬆的、沉沉的、好好的補了一眠，且到處還有茶水供應，補充水分的流失，外加一份貼心的點心享用，真真讓人睡飽喝足，渾然不知何謂寒冬！怪不得在走回住宿的路上，許是抖落了一身的疲憊吧，步履竟是如此的輕盈，分外輕鬆。

龍海雖不是大都會，但充分地顯現出小鎮應有的人情味，少了鋪陳的應酬言詞，讓人十分自在，大有賓至如歸之感；道地的鄉土佳餚，讓人齒頰留香，博得大家一致的稱讚；我們有備而來的金門高粱，更是適時地發揮了最大功效。此時此刻，真正是酒國英雄大展實力的最佳時機，當然酒品足以論英雄，因而，此刻的英雄豪傑更加讓人敬畏三分啊！

演出當天，通常為了演出只吃便當（當地叫做方便飯，這名稱讓人大感新鮮呢！），雖然大家皆已發了餐券，準備用餐，但在他們的長官（相當於文化局長的高官）蒞臨、探視下，一聲令下，馬上改到餐廳享用大餐，對我們展現極大的禮遇，大家莫不受寵若驚，無以為報，也許我們是第一支受邀至此演出的合唱團隊，所以特別的恩寵有加吧！真是一位有水平、有文化氣息的優質長官！我以為：對合唱團隊的禮遇，其實就等同於對藝術的尊重與認同。此行讓我們見識到了熱誠、尊重與友誼。

「故鄉韻　兩岸情　元宵音樂晚會」於二月四日（農曆正月十三日）熱鬧登場，屬綜合性的節目，包括有國樂合奏、笛子獨奏、二胡獨奏、合唱（童聲合唱、混聲合唱）、女聲獨唱、男聲獨唱、舞蹈、琵琶獨奏、竹笛合奏……等，真是應有盡有，如此的場景，有多少演員、多少觀眾參與其中，因此，可想而知，「安靜無聲」的環境品質就難以寄望太高了。龍海藝術團音樂總監——林國輝先生再次發功，他可是發了三百通簡訊邀請親朋好友前來觀賞的，真是難為他了！他本著「只問耕耘、不問收穫」的精神，不遺餘力的為藝術犧牲奉獻，讓我再次的心生佩服！而金門縣合唱團的到來，更是讓觀眾們大感新鮮，一如我們瞧見大陸團隊蒞金演出一般的興奮，我們帶來的曲目是：南屏晚鐘、風獅爺、再別康橋、娜魯灣情歌，分兩次上場，最後再與當地的教師合唱團合作演唱〈嘎爾麗泰〉及〈龍的傳人〉，做最後的ending曲。大家都是龍的傳人，所以演出效果極佳，把現場氣氛提升到最高潮，那一份微妙的感應，不但穿梭在台上台下，更是在彼此心靈深處留下了深深地迴響——我們永遠是龍的傳人。

春節期間，大家不忘到處走春，趁著此刻難得的空檔，且是春光明媚的大好時光，真要好好珍惜春光，四處瀏覽、增廣見聞。我以為：一個懂得惜春、惜福的人，才是幸福的人兒！慶幸的是，他們做了貼心的安排——前往龍海市東園鎮參觀了埭美水上古民居，瞧那整齊劃一的格局，不得不讚嘆先民的獨到遠見，鱗次櫛比的家家戶戶，僅一米之隔，實屬罕見，當所有邊門都打開，一條由村頭連接村尾的快速通道就這樣形成，即使天落雨也不用打傘，跑遍全村落也不會淋濕呢！屋前大都留有十數米寬的大埕，或閒時泡茶、或農忙曬穀，自成一趣。

據當地老人說，以前峨山一代流傳一句話，「有球美厝無球美富，有球美富也無球美厝」，這與金門所流傳的「水頭厝、水頭富」實在太神似了，這就是閩南文化同源、同流之處吧！我們從貫穿全村的九龍江，似也依稀瞧見當年的繁榮景象，只是如今皆已斑駁、褪色，不復當年風華，稀稀落落的人兒，散落一、二處；年輕人則都打拼在外，獨剩老朽固守殘缺的家園，走步至此，就像回到家鄉老厝，是那麼的親切、熟悉，讓人緬懷歷史的滄桑。

看了球美，讓人聯想到我們的山后——民俗文化村，雖然球美的規模是大了些，但是，從整齊劃一、有規劃的山后民俗文化村亦可想見球美全村的模樣了。山后民俗文化村可是花了政府一番心血來加以整頓的，能夠修「舊」如舊，保有原本風貌，是需要一番真本事的。所以，一個大有為的政府，就得有眼光、有遠見，為建設把關。您看！法國巴黎的都市景觀，在景觀設計學家大刀闊斧的規劃下，為後代子孫立下了多少無價的文化資產啊！如今，政府亦順應世界潮流，不遺餘力的為維護歷史文物遺產而努力，總是極盡所能的來修護這片世界上絕無僅有的古厝群，讓人預見未來一片美景！

天下沒有不散的筵席，短短的三天，雖然匆忙，但大家可都是充分的把握住這彌足珍貴的分分秒秒，每人的行囊裡也都裝滿了友誼與熱誠，滿載而歸，終不負團長與副團長行前之重大託付，讓人大有不虛此行之嘆！唯道別時刻，大家坐在車內依然頻頻「擦玻璃」——揮手道別，不忍離去，就連大巴士也載不動這幾許離別愁緒呢，離情依依，只有期待再相逢！

金門日報　二〇一二年八月十三日

我愛「1A」公車

隨著科技文明的日新月異，不但帶來了便捷的交通網，也提昇了生活水平，更是豐富了生活品味，不論在食衣住行各方面都有長足的進步，天涯若比鄰已然成為事實，所以從台北到台中喝咖啡早在多年前就已經是稀鬆平常之事，無人見怪、或認定它為奢侈，然而，讓人驚訝的是如今竟然還有人認為「金城至山外」為遙不可及的路途，甚而將山外列為偏遠的邊疆地區、方外之境呢，真是匪夷所思啊！

這些年來隨著汽車成長的驚人速度，「以車代步」在金門地區來說也已然是理所當然之事了，它好似取代了人類的雙腳，無它不行，舉凡「上山下海」，可說是到了不可一日無車的地步啊！汽車造福了人類、為人們帶來諸多方便，特別是e世代的孩子們，享受著「出門有車」、「隨傳隨到」的專車接送之禮遇，是何等的幸福啊！特別是在寒冬、颳風下雨的季節裡，汽車一族更顯得幸福無比，因為汽車不但為人們擋風遮雨，更是帶來舒適與便捷，所以，我也順應時代潮流之所趨而遠離公車多年，養尊處優的成了開車族群。

近幾年來，許是拜金酒之所賜，金門的福利特好，除了三節的「家戶配酒」、學童的營養午餐、交通券……，尚有行之多年的免費公車，使得金門成了全國人民心中所嚮往的幸福之島。金門何其有幸，全民享有免費搭乘公車之福利，這真是全體縣民的一大福祉啊！由於我與公車失聯多年，竟不知當今金門公車已是如此進步、如此便捷，不論窮鄉僻壤、大街小巷皆能通行無阻、服務到家，且行車速度平穩有加，讓人乘坐安全無虞，這些都是台灣島上居民所羨慕、所望塵莫及的啊！因而「福利島」之美名就這樣的不脛而走，遠近馳名。

今年的夏天特別炎熱，尤其是中午時段出門最是惱人，您瞧！那日正當中的炙熱景象，簡直就是汽車族的夢魘，車門一打開，那火焰般的熱氣隨即襲湧而上，叫人招架不住，炎炎夏日裡開車還真不是件好差事呢！幾次往返信義新村與安仁診所之間，飽受熱氣煎熬及尋覓停車位之苦，後經親友的推薦搭乘「１Ａ」公車，不論在時間點上，或上、下車的地點都是那麼地契合我的需求，只是繞得有點遠罷了，在兩相權衡之下，它大大地解決了我當下所有的困擾，第一：它讓我一上公車就有超舒適的冷氣可資享受；第二：不必為尋找停車位而煩惱、不必小心翼翼地留意馬路上來來往往的車輛；第三：沿途還可瀏覽風光、或假寐片刻、補補眠，偶而還可聽聞乘客們「三姑六婆」的聊一些八卦或熱門的政治話題……，藉此知曉鄉民的心聲，甚而還可與素不相識的鄉民攀親拉故一番呢！這未嘗不也是一種另類的交際和休閒樂趣。因而，我深深地愛上了它，想高聲歡呼——我愛「1A」！「1A」萬歲！

由於與公車失聯多年，所以我這「老金門」也會有搭錯車的紀錄，其實也還好，只是較費時罷了，如今在經驗的累積下，我已是得心應手、游刃有餘了。說真格的，搭公車還真是件開心事兒呢！除了免費之外，它慢悠悠的陪著你，真是悠閒無比，且讓思慮沉澱、腦袋放空……，隨車去遨遊。

依我搭車之經驗，除非是上、下學（班）時段，否則，其餘時間搭乘，一點兒也不嫌擁擠。大部分乘客都以中、老年人居多，一個個都是賦閒在家的「英英美代子」，身子硬朗，活力十足，搭上公車不但可以賞景、放鬆心情，還可四處訪友，想去哪兒，就去哪兒，隨心所欲，來去自如，時間上十分有彈性，因為大家有的就是時間啊！且不必心疼花錢，也不用偏勞孩子們費心費力來接送，大可讓奮力於職場上的孩子們無後顧之憂，多麼愉快的一件事啊！再說藉著外出走動，活絡筋骨，亦是鍛鍊身體的好方法之一；又拜訪親友、聯絡感情，藉著聊天使心智增美，並帶來舒暢的身、心、靈，不但促進了情感的交流，也讓友誼加分，可謂一舉數得啊！俗話說：親戚要經常走踏（走訪親友之意）才會親。這個「親」就非得建立在彼此經常性的溝通上不可，因為有來有往，互通有無，才得以交流、才會熱絡啊！而公車適時的為人們搭起了溝通的橋樑，拉近了彼此的距離，也建立了親密的友誼之網，無怪乎金門除了「福利島」的美稱之外，如今再度擁有了快樂指數最高的「幸福島嶼」之美譽。

有一回和鄰座的老婆婆「哈啦」甚歡，原本想請她老人家到站時給我一個溫馨提示，好讓我安安穩穩的在公車上小睡片刻，怎奈一聊之下，睡意全消，方知她是賦閒在家、無事一身輕的「銀髮族」，藉著公車四處溜達、看風景，純粹是為了「殺時間」，瞧她老人家還真懂得安排生活。又有一回，一對老夫妻特地帶著家中土產，千里迢迢的從金門城搭乘公車輾轉來到山外看望兒子、媳婦兒，這一大把年紀了，真是「為誰辛苦為誰忙」啊！他們無怨無悔，笑臉不時地掛在臉上，那天，人稍微多了一些，沒空位可坐，貼心的老婆婆每到一站，總是頻頻用眼神為老公尋找空位，老公則表現出身強體壯、硬朗十足的架勢，毫不在乎有無空位可坐，他們彼此之間那份關懷的眼神展露無遺，這幅相互扶持、相愛到老的溫馨畫面，讓人為之動容！俗話常說：十年修得同船渡，百年修得共枕眠。一段美滿的婚姻是需要彼此好好經營、共同維護，方足以天長地久、海枯石爛、此情不渝。

當然，還有一些老態龍鍾的公公、婆婆們亦常常獨自搭乘，還大包小包的滿載而歸呢，好心的乘客們總會適時地扶他（她）們一把，而司機先生也總是耐心地等待他們坐穩再開，且親切有加，毫無慍色，稱得上是一流的服務啊！其實這就是一種修為，一種善舉啊！難怪公公、婆婆們把搭乘公車視為一大樂事，有事沒事搭乘公車到處跑，不但跑出了健康、跑出了充沛的活力，也醞釀出快樂的幸福指數來！

往昔在台搭公車的經驗，臨下車前，就得先做好準備的守在車門前等候，然而在金門則大異其趣，一般乘客大都是等公車停穩之後，才慢條斯理的從座位上起身、再慢慢走下車，真是悠哉、幸福呀！搭公車還真是一種享受，因而有些乘客（包括我在內）總會發自內心的在下車前向司機先生說聲「謝謝」，這一聲「謝謝」帶來多少喜樂、多少溫馨！俗話說：「美言一句三冬暖。」相信司機先生聽了一定會感到無比欣慰！我深以為：適時的讚美與感恩，讓人間更加祥和、溫馨！

更有幾次在公車上遇見熟面孔、親戚、多年不見的好友，雖然相逢於車上，但依然相見甚歡、熱絡非凡。有一回，巧遇許久不見的倪姐於公車上，她是合唱團的資深團員，如今為了照顧車禍生病的老公而請了長假，雖然短短的一、二十分鐘車程時間，但從別後的種種人生際遇、體驗、照顧病人的心路歷程、以及團員們的溫馨關懷……，一直聊到現在皈依密宗的人生種種體驗，在在皆發人深省，給予我諸多啟發。人生原本就是一場空，一切都只是暫時的擁有而已啊！到頭來一切都得回歸原點，一切都是空啊！因而，當務之急，唯有把握當下，珍惜現在……。

也經常遇見自特教班畢業的學生，他們可是常常結伴搭乘公車出遊，除了聯絡感情，還可打發時間，像彥儒同學就常獨自從舊金城搭車到山外吃早餐，還真有閒情逸致呢。再說，每個人都需要友情的滋潤與關懷，特別是他們，更加需要，免費公車就是他們的一大福音和最佳的交通工具，適時地為他們織起了一張張聯絡網，也擴張了他們的視野與足跡。畢業後的他們有些當了「八百壯士」，樂在工作；有些在家發揮所長，幫忙家務；有些則在私人機構，認真做事……，總算是盡一己之力貢獻社會，仍然是社會上有用的一份子，真正是「天生我才必有用」！他們可愛如昔，總是「老師」、「老師好」的叫個不停，有一回在公車上經宋同學一叫，頓時讓我成了眾目注視之焦點，好不尷尬！繼而一想，這就是他們純真、可愛的一面啊！所以，我也就欣然接受了。不僅如此，他們還會向我詢問他們導師及一些任課老師的近況，關懷之情溢於言表，讓人驚喜，也特別窩心！這種發自天性的真情，是他們最可貴、最令人感到溫馨的地方！他們不但要了我的電話，偶而還會撥通電話閒聊一番呢，真為他們的懂事及懂得如此的關懷別人而感到驕傲與欣慰！又因他們是「特教生」，所以更加讓人刮目相看！

這半年多來的搭乘經驗，除了讓我愛上「1A」、發現金門公車之美外，也帶給我不一樣的人生體驗，原來公車上還真是大有文章呢！人情冷暖依然處處可見。再說：金門公車也一直處於進步的狀態中，新進的車種尚有方便殘障人士上下的殘障公車，以及通行於山外車站與署立金門醫院之間的接駁專車，政府能用心關注到弱勢的這一環，真真值得嘉許與讚賞啊！而每部公車好似也隨著司機先生各自的品味，裝飾得各具特色：有些車上很「陽春」；有些會播放流行音樂；有些還可收看電視節目或收聽廣播電台節目……，在在皆展示出司機先生獨特的風格來。此外，頗具特色的候車亭亦是觀光客駐足欣賞的景點之一，您瞧那字體俊美的對聯，完全是配合著地名構思而來，值得讓人細細玩味，既賞識了文學之精髓，也欣賞了書法之美，候車之餘還能增進文學的薰陶與涵養，不啻是件意外之收穫啊；有些候車亭還利用太陽能之設備，加裝了燈光、跑馬燈，顯示出日期、時間來，真是一大創新，設若再能顯示出預定抵達之時間該有多好，那可就是走在時代尖端足以與巴黎公車相比美了。

金門尚有觀光公車A、B、C、D四線，雖還不曾搭乘、體驗過，但我卻是不遺餘力地將之推薦給不少來金旅遊的親朋好友，在他們搭乘之後都給予很高的評價。不僅如此，車站還備有免費騎乘的腳踏車，只要填寫資料、拿證件抵押便可，有了鐵馬代步真是方便多了，諸如：近郊的石雕公園、延平郡王祠、莒光樓、慈湖觀景與賞鳥……，或逛街購物，都顯得更加的easy與便捷了。難怪遊客們一個個都開心得不得了，並對金門留下美好的印象，讓人想一遊再遊呢。

金門公車還大大地發揮它的功效——嘉惠學子，配合金門高中晚自習時間，加開兩班學生專車——沙美線與山外線，將學子們送達鄉里而美名天下，無怪乎金門高中的升學率向上節節攀升。讓我因而聯想到，若能配合文化局所舉辦的音樂會，或各類活動，因為加開五個鄉鎮的「藝術公車」該有多好！讓人人有機會進到藝術的殿堂聆賞音樂，因為目前並非家家戶戶皆擁有自用車，有心欣賞的人可能礙於交通工具而無法成行，著實可惜！設若有了藝術公車，相信定能大大地提昇地區的音樂水平和鄉親的藝術涵養，特別是在「文化立縣」的大原則下，我以為：此乃急需且刻不容緩的課題啊！

金門雖小，但身為金門人的我還未必能夠走透透呢！感謝「1A」公車引領我進入公車的美麗新世界，也再次欣賞了公車殿堂之美，今後，我應該利用餘暇乘著公車來個深度之旅，好好的拜訪金門的大村莊、小聚落；體驗一下金門觀光公車之美才是，才不枉政府這一番德政。

金門日報　二〇一二年八月二十五日

就差一台平台鋼琴

「春天不是讀書天，夏日炎炎正好眠……」這是古人曾經朗朗上口的另類思維，說實在的此話也不無那麼一點道理，的確，在炎炎夏日裡，有誰不想待在冷氣房裡遨遊網路世界？特別是處於進步神速的網路世界的e世代人類，如今已到了人人擁有桌上型電腦、個人筆電、平板電腦、甚而智慧型手機的e世代寵兒，更不可一日沒有網路啊！即便是旅遊途中、搭乘捷運……，他們依然是埋首於獨自的網路天地而無暇賞景、瀏覽風光，更甭談讓座予老弱婦孺了。然而金門學子們竟能捨棄所愛，參與了一連六天（八月十三日到八月十八日）的暑期管弦樂夏令營，真為這些學員們的明智抉擇感到無比的驕傲，當然更要向侯宇彪老師所率領的團隊——一群無怨無悔的老師們獻上十二萬分的謝意及心中由衷的敬佩之意！

八月十八日下午三點假金門縣立社福館舉行「暑期管弦樂夏令營成果發表會」，一展五天來所學之成果，這是一件多麼令人興奮的事兒啊！因為我們從學員們的身上看到了希望的未來，也從老師們的認真教學及學員們的努力學習中，不但感受到汗水的芬芳也欣賞到累累果實，難怪侯老師總是特別誇讚、欣賞金門孩子們的純樸善良、認真有加。再說，當是「得天下英才而教之，一樂也」、「施比受更有福」的理念醞釀了侯老師年年想來此地犧牲奉獻之最大原因。

回想多年前，孩子們也都參與了暑期管弦樂夏令營活動，當時在美姿妹妹的宣導下，我們還有聲有色的組成了後援會，來協助音樂協會及指導老師們推動此一活動，大家同心協力的樂在其中，也樂在分享，總是在成果發表會上劃下完美的ending，也因而在日後成了無所不談的好朋友呢。然而在不斷地缺乏師資的情況下，常讓那一股熱情停滯不前，甚或中斷，著實可惜之至！所以讓人更加有感於學習是需要一股不斷牽引的動力，和向上攀升的激勵，千里馬依然需要伯樂的賞識與鼓舞啊！

有了學習成果還需要一個得以展演的舞台空間，讓表演者盡情發揮，當然還得有一群忠實觀眾，因為，熱情的觀眾潛藏著一股無形的巨大力量，所以，不容小覷大家的掌聲與鼓勵，瞧！那台上、台下水乳交流般的熱切互動，將是再次奮力向前的動力啊！

此次假金門縣立社福館舉行夏令營音樂會實在是睿智的抉擇，因為社福館不啻是一處優質的演藝場所，它具備了一流的音響空間、與台灣同步的最佳擋音板設備及超舒適的座椅和良好的視野，不論任一角落都有等同的接收效果和視野景觀。再說：她的地理位置適中，距離大金城地區或金湖、金沙、金寧都是同等距離，她正好是不偏不倚的處於本島中心位置，方便四方觀眾闔家前往觀賞，特別是在油價飛漲的今天，絕不獨厚一方，也平衡了東西半島自古以來的不平衡現象。唯獨烈嶼地區，設若配合車船處，安排藝術公車或藝術專船，所有不成問題的問題都將迎刃而解，若想提昇地區音樂水平、藝術薰陶……等，我想這是最迫切、最簡易可行的方法之一，因而，目前就金門地區來說，社福館實在是一處絕佳的展演場所。

再說，社福館尚有莫大的幅員，設若有那麼一天需要擴大設備，她還是有足夠的空間以資因應各方需求，諸如：增建一座展覽館、藝術畫廊，甚或小型音樂廳……，都不成問題，也都是不錯的idea。而且，社福館四周圍整治得美輪美奐，她還得天獨厚的擁有蘭湖一大片湖光夜色，每當夜幕低垂，涼風陣陣送爽，特別是在環湖燈光相互輝映下自成一趣，使得蘭湖更加柔美了，也更加襯托出她的溫柔婉約、嫵媚動人，這柔和的夜景亦正所謂的「越夜越美麗」啊！試想：在接受藝術薰陶之後，還順道附贈了大自然的柔性洗禮，真真是值回票價啊！不信的話，諸君倒可選個良辰吉時結伴夜遊「蘭湖」，相信一定會有不虛此行之嘆！有幸的話，說不定還會瞧見一隻人見人愛、熱情奔放的白色狐狸狗哦！那你可就幸運之至囉！

又根據我的觀察，社福館尚欠缺的就是一台平台鋼琴了，記得二〇〇五年六月二十一日金門縣合唱團應邀參與「紀念胡璉將軍百歲冥誕音樂會」表演時，就深感美中不足的少了一台平台鋼琴，去年再度受邀演出，依然沒有改善，今年管弦樂夏令營成果發表會，黃昱堂的小號獨奏，若有平台鋼琴的伴奏將增色不少，所以仔細想想還真是讓人感到絲絲遺憾呢！真是萬善具備，只欠一台「平台鋼琴」了！因而讓人不得不納悶的是：這麼完美的硬體建築（社福館規劃得十分完善）、極盡理想的音響空間，為何偏偏就是少了一台平台鋼琴呢？真叫人百思不得其解而有「美中不足」之嘆！設若有了C5級數以上的平台鋼琴，必也遠近馳名，吸引國內、外優質（高層次）音樂團隊蒞金演出，讓鄉親們大開眼界，不僅聆賞大師級的演出、享受極致的天籟之音，相對的音樂水平必定隨之提昇，金門之美名將馬上躍居世界舞台並佔有一席之位。再藉著音樂團隊的蒞臨，或舉辦國際性的音樂會、音樂講座……以吸引中、外音樂愛好者共聚一堂，如此，音樂與戰地風光相結合，那又成了金門的另一特色。誠如翟山坑道音樂會，雖然至今已連續辦了好幾年，但她始終吸引著愛樂人潮不斷的蜂擁而至，使得這座令人景仰、贊嘆的神聖之島，瞬間成了「戰地琴人」的美麗天堂，也大大地豐富了金門的觀光資源。

在美名滿天下之後，我們將不必非得等到百年國慶時方有幸得以聆賞國家級的國家交響樂團破天荒的首度蒞金演出，自今而後必定是定期的蒞金巡演，讓鄉親們大飽耳福；所以，就差一台C5級的平台鋼琴就足以解決目前所面臨的瓶頸了。因為這台平台鋼琴對社福館來說實在是太重要了！它不但提高社福館的層級、平衡東西半島多年來的失衡現象、亦提昇了金門在藝術上的發展空間，且還能帶動地區的音樂風氣，進而登上更高峰，放眼世界，實在是具有舉足輕重的關鍵地位啊！相信有為者，一切都不是問題。

除此，我亦深感於目前地區在管樂、弦樂的成長上有著極大的懸殊，那是因為弦樂在學習上有較高的難度所致吧，因為弦樂的學習完全取決於耳朵的聽力辨識上，若沒有精準的耳力在學習上可就難上加難了，所以，您瞧此次夏令營成果發表會的管樂B團，在短短的五天之內就能收到一定的成效。由此觀之，地區若想要擁有管弦樂團就得在弦樂上多下功夫，因為弦樂的學習一定要從小扎根、才足以奠立穩固的根基，且要假以時日，長期培訓，方可練就，短時間內實在無法收立竿見影之神效，為此讓人不得不感嘆弦樂人才培養之不易啊！再說，弦樂在管弦樂團上又占了相當的比重，所以弦樂更得加把勁兒不可，我們才有可能預見管弦樂團美麗的明天。雖然困難重重，但我們怎能就此放棄呢，越是不可能，我們越要盡所能的去彌補缺失、想方設法的去掌握成功的契機啊！這才是了不起的金門精神！所謂：一枝草，一點露；蹺痀（閩南語駝背之意）草，兩點露。這兩點露就得倚賴政府的全心挹注了，因而，我們深切地期盼政府當局能特別注意到此一區塊，並給予更多的關注，讓弦樂團得以生根、滋長、茁壯。從今而後就讓我們積極的加把勁兒，一起努力吧！

再說，一般人不也常說：「輸人不輸陣」，所以我們一定要立起直追、迎頭趕上，此乃造福綿綿不絕的子子孫孫、共創金門不朽的百年大業啊！才不枉我們得天獨厚的擁有了「金雞母」這一大資源。只要我們擁有了管弦樂團，相信金門在各縣市的文化席次上必定是水漲船高，每個人都將豎起大拇指開心的按「讚」呢，而讓世人為之側目、另眼相看！今後我們的「金酒交響樂團」於年年國慶日皆可在文化局演藝廳作盛大的演出，亦可與「長榮交響樂團」締結為姊妹團，同台演出，甚而登上國際舞台……，此刻，我似乎已「觀覽」到那幅美麗的遠景了。

回首當年家中三個蘿蔔頭一起進入管弦樂夏令營，唯獨小女堅持她的喜好選擇了音樂之路，當時她一想到要上台表演就興奮得不得了，連睡夢中都會笑呢。記得國中時參加城隍爺生日大遊行，由於她個子小，老師就請一位塊頭大的男生背著大鼓，由她負責在後面敲打，這可真是「史無前例」之創舉啊！在樂團中每一個角色都非常重要，特別是大鼓，掌管了節奏，而節奏乃音樂三大要素之一，設若在沒有指揮的情況下，它可是權充指揮──樂團的靈魂人物，由它來發號施令，所以大鼓的地位更加重要。

又有一回，應該也是成果發表吧！管樂有她（打擊樂部份），弦樂有她（擔任中提琴），管弦樂也有她（擔任中提琴）。彩排時候，輪流彩排，輪流吃便當，我想依照常理推斷，她應該會領到兩個便當才是吧！熟料事後問她，才知道她一個便當也沒吃到，因為根本無暇去吃便當啊！我為她的餓肚子十分心疼，而她竟不以為然，為「樂」而廢寢忘食，似乎已達到無我的境界了。

隨著時光飛逝，女兒從認真學習的學員升格為誨人不倦的指導老師，這些年來幾乎都是年年參加此一盛會，不但是興奮的參與，且樂在其中，因而，在她的影響下，只要有她在，必有我們到場觀賞，此乃天下父母心使然，所以，今天也不例外，還多帶了小兒子一同前往欣賞，實在難得！再瞧瞧四周的觀眾，多少家長參與其中，家人同行，來為孩子們加油打氣，甚而祖父、母，外公、外婆都加入了此一欣賞的行列，這些都是最佳、最忠實的聽眾啊！先不論懂不懂音樂，至少先捧個人場啊！再說：只要踏入音樂殿堂就會感染到音樂那股迷人的氛圍了，誰說一定要懂得音樂才能進入音樂廳欣賞音樂呢。而且欣賞音樂原本就是一種與生俱來的本能，多少人獨自哼哼唱唱，自娛娛人，不也樂在其中？何況每個人在面對音樂時往往也會因為教育背景、個人因素、當下心情而產生不同的詮釋、感受與迴響，這些都還是蠻主觀的呀！絕對沒有那麼嚴格的欣賞標準，所以，人人皆可成為最佳的音樂鑑賞者，而不是只有演奏家、學音樂、懂音樂的人才可成為鑑賞者啊！今後，每個人都要勇敢的走進音樂廳，為音樂瘋狂，使之蔚為風氣，讓它成為金門人特有的時尚之一，則金門又多了一個「音樂之島」的美名。

今年我三度去到巴黎，它實在是一處讓我想「一遊再遊」的人間聖地，而巴黎的盧森堡公園因著季節的更迭而有不同的迷人景緻，所以此處遊客特多，因而在此處舉辦的露天音樂會，別有一番情調與特色。上回來此，正逢工作人員在佈置場地，他們在涼亭內安置平台鋼琴，及燈效之類的佈景措施……，為一場鋼琴獨奏會作準備，這回則是一場進行中的管樂音樂會，新鮮的是它由不同的指揮大師一一輪番上陣指揮，團員們可就要適應各個指揮的特質了，他們是來自美國的學生管樂團，趁此假期來此做巡迴演出，順道參訪，還真是個不錯的構思。偌大的盧森堡公園聚集眾多遊客，所以演出時自然成了吸睛之焦點，不但吸引遊客駐足聆賞，就連狗狗也安靜的陪伴在主人身邊，聽得如癡如醉。公園內四處佈滿椅子供人隨意乘坐，且不收費，讓人消磨一個難忘的夏日午後，多好！因而讓我聯想到中山紀念林、莒光樓、海濱公園……都是不錯的展演地點。再說金門地區各個國中都有管樂團，大家相約，以樂會友，不但相互觀摩、切磋琴藝，還能帶給遊客及鄉親們一個另類的音樂饗宴，讓樂聲隨風飄盪在每一個角落，且將滿佈著戰鬥氣息的鋼島渲染上一些柔性的魅彩；或各校的聯課活動時間亦可安排校際交流活動，相互切磋、交換心得，凡此種種必能增進樂團的成長；甚而觀眾不動，演員動，讓音樂深入各個鄉鎮來感動人心、淨化社會風氣。如此一來，不但增加了表演機會，也增進了舞台經驗，相對的琴藝也就與日俱增了。

除了接受邀約演出，我們也可自覓舞台空間，雖然正規的音樂廳有較好的音響空間，然而戶外大規模的大自然空間亦是極佳的演出場所啊！像世界三大男高音多年前在巴黎鐵塔下所舉行的演唱會，不也吸引了成千上萬的觀眾到場聆賞，有坐在座位上的、也有鋪塊布坐在草地上欣賞的……，會場再加裝個大大的銀幕電視牆，即便是遠距離也能透過電視牆而有良好的欣賞視野，並不一定要那麼的刻意，也不需要那樣的死板，甚或路過駐足欣賞片刻的也無妨啊！所以，這都是風氣使然啊！

在經歷過為期六天的音樂營之後，其後續的重要學習課題才真正開始呢，大家都知道學習是一種不斷地延伸、擴展，所謂「學貴有恆」，能夠持之以恆的學習才是重要的關鍵所在！因而，得以維持正常性的教學才是重點，設若只仰賴一年一度的音樂營那是絕對不夠的，必也要有一流、正規的師資才是上策，才是可長可久的「百年大業」啊！所幸學成回來的昕曄老師有其乃父永舜大師的風格，真是有其父必有其子，此次夏令營他竟是一肩扛起了行政工作的龐大業務，面對這逐年成長的三百多人的超大音樂營，真是不簡單啊！又永舜大師今年終於榮獲「特殊優良教師」的殊榮，在金門、在音樂的這一塊領域裡，這份遲來的榮耀實在是實至名歸啊！此次暑期管弦樂夏令營他一如往昔、一頭栽入，竟忘了剛手術過後的靜脈曲張需要適足的休養，我想他是：犧牲享受，也享受了犧牲。這份「特殊優良教師」的榮譽勢必又更加重了他已一肩扛起的重責大任，這應是外人所難以得知的心路歷程！

暑期管弦樂夏令營活動得以不間斷的歷經了數十載，這都要歸功於歷任音樂協會理事長許銘豐、許能麗、許金象、蔡錦杉、吳啟騰……，以及現任的李錫奎先生，他們不但「蕭規曹隨」的賡續了時代使命，完成階段性的任務，更不斷地拓展了音樂協會的版圖大業，這雙無形的大力推手實在是居功厥偉；還有歷任總幹事江支森、許瑞芬……，及現任的王立梅老師不眠不休的傾全力來策劃、協辦此一活動；尚有默默付出、認真盡職的張序伯教官，數十年如一日，無怨無悔，讓人敬佩！再加上各級學校不遺餘力的大力宣導，鼓勵同學參與，才能使得此一活動做到盡善盡美、完美無瑕。當然還有一群在幕後默默奉獻的志工、義工們，他們大部分來自金門縣合唱團，這群「傻呼呼」的無影手權充了「舞台搬運工」，表現得真是可圈可點，不由得讓人要多加讚美一番呢。

如今隨著暑期管弦樂夏令營活動的推展、以及學校正規教育的推動下，地區管弦樂人口的確有了實質的成長，今後如何將他們匯集起來成為一道清流，蔚為社會良善風氣，並帶來一股蓬勃的朝氣，繼續為金門地區傳達樂聲於千里之外，相信那已是指日可待、為期不遠的事兒了。當然，也別忘了優質的社福館展演空間還差這麼一台平台鋼琴呢！

金門日報 二〇一二年九月七日

抱獎歸來

今天，何其榮幸，我們在連總幹事以及胡副總、楊副總的帶領下，將參與福州〈永遠的輝煌〉合唱大賽所奪得的銀牌獎盃獻給眾人尊敬的縣長——金門縣合唱團榮譽團長，處此光榮的一刻，全體團員莫不歡聲雷動、特別興奮！再忙，也要抽空來參與拜會縣長的盛會以同享榮耀。

李縣長十分讚賞金門縣合唱團，說本團不但積極為金門發聲，也將聲威遠播於千里之外，再次成功地做了一次亮麗的國民外交，讓「金門」這閃亮的金字招牌，再次燦爛的輝映在兩岸人們心中。縣長的一番勉勵，不啻是一劑「強心針」，鼓舞了全體團員的信心和向上躍進的動力。

近年來，兩岸三地的交流頻繁，活動不斷，金門縣合唱團之所以能光榮地肩負著「為金門發聲」的神聖使命，且能不辱使命地完成每一次艱鉅任務，乃歸功於全體團員上下一心的默契、合作與努力，以及我們榮譽團長所給予的無形支柱及其奮鬥打拼的大無畏精神感召所致。所以，大家不惜自掏腰包、自請休（事）假，即便是百忙當中亦盡力地排除萬難，隨團東征西討，圓滿達成任務。這份捨棄小我成就大我的情操、熱愛歌唱的傻勁兒，以及對金門縣合唱團的一往情深，叫人情不自禁的豎起雙手大拇指稱「讚」！

由於是比賽，大家心上都積壓著莫大的無形壓力，這完全是得失心使然啊！說不緊張，那是騙人的。所以大家都格外賣力，毫無異議地接受嚴苛的指導與排練，由平常正規性的每週一次團練，增加到二或三次的練唱時間，在奪標的渴望下，使得大家深信「只要功夫深，鐵杵也能磨成繡花針」，所以，絲毫未聞喊累的聲音，只為著始終如一的目標前行復前行。或許在經歷接二連三的活動後，一個個早已練就了強勁的「免疫力」，請看：光是十月份就參與了三次活動，那就是：晉江的演出、四川的比賽以及此次福州《永遠的輝煌》合唱大賽，真真是「密集安打」。

二十一日，為了配合四川歸來的男團員們，我們搭乘下午一點半的船班出發，大家各自來到水頭碼頭，各自買票，相約上船，還真是全自動的團隊，而在少了大陣仗的歡送、少了一份期許和祝福之下，顯得分外冷清，就像散客般的自由行，默默出團、默默歸來。到達東渡碼頭後，在胡副總的千叮嚀、萬囑咐之下，四人一部計程車趕赴廈門火車站，與四川歸來的團員們會合，再轉搭動車赴福州。由於正逢星期假日，只見螞蟻般的人龍，萬頭攢動，當四人小組一一沒入在擁擠的人群裡，就像流沙般的無聲無息、消失了蹤跡。我可是第一次搭乘動車，看到如此人潮，叫我格外緊張，因為在吵雜的人堆裡，聲浪掩沒了一切，即便是有手機可資聯絡，也不甚管用，還好時間尚有餘裕，憑藉著眼力，在眾裡尋尋覓覓他千百度，終於發現了所有團員們，當下就像迷途的孩童找著了親人般地興奮。稍早遠行（一週前）、協同廈門鳳凰花女子合唱團赴四川參賽的男團員們，他們真是辛苦有加啊！不僅舟車勞頓、出錢又出力，且夜以繼日的練唱、比賽、趕路……，除了辛苦，還是辛苦！對於他們的辛勞，心中除了敬佩還是敬佩啊！

動車類似我們的高鐵，寬敞舒適、快速平穩，不但節省了不少寶貴時間，還減輕了路上的顛簸之苦，大可高枕無憂的睡上一覺，補上一眠呢。進入候車室，得接受隨身行李的檢查，以確保乘客的安全，讓乘客乘車有保障，立意甚佳，值得仿效。

我們大都在同一車廂，有的補眠、養精蓄銳；有的隨時拍攝、捕捉那稍縱即逝的珍貴畫面；有的一路上精神抖擻，具備充沛的活力，話匣子一打開，就有聊不完的話題，像是多年不見的老友，一見面、一逮到機會，就興奮得聊個不停，真是開懷舒暢；有的「手腳俐落、眼明手快」，搶先在火車站附近買了栗子，真是明智之舉啊！特別是在這略感飢餓的一刻與大家分享，讓人加倍的感受到濃密、溫馨的情誼。栗子香甜可口、大夥兒愉快地邊聊邊享用，不一會兒功夫就吃個精光了，真是「人多好吃飯」呢！而這此起彼落的「謝謝」，看似微不足道，卻充份地展露出平素所累積的涵養與氣質來，人與人之間，就因這份微妙的連結而產生良性的互動，並孕育了和諧社會裡無所不在的幸福、快樂因子。有的人不忙著聊天，而是目不轉睛地遊視窗外，初來乍到，一切都感到特別新鮮，總想好好地看個仔細，哪怕只是驚鴻一瞥，亦是可貴。您瞧！那轉瞬間飛馳而過的一草一木、一屋一瓦，不都是可堪流連的景緻嗎？此時，看山，山有情；看水，水有意，真是「境隨心造」啊！這難得的浮生半日閑，讓人換來一身輕盈，原來，「放下」就是心靈的徹底放鬆，當真正「放空一切」的當下，就可以擁有新的開端了。

來到福州，已是萬家燈火時分，燦爛的燈光格外耀眼，閃爍的霓虹燈更加輝映出柔美的夜晚來。在車水馬龍、川流不息的大都會裡，人車爭道，竟顯現不出司機師傅所該擁有的氣度。當我走在巴黎街上，風度翩翩的駕駛朋友必定禮讓行人優先，此事讓我記憶深刻、備感溫馨。反倒是我們這一壯觀隊伍，竟受阻於一輛又一輛、緊接不讓行的公交車，難道這麼一大群公交車師傅竟無視於我們的存在嗎？是人文素養跟不上物質水平？是基本素養原本就欠缺而有待提昇？還是這分秒必爭的社會使他們忽略了該有的禮讓風度？我深以為：國家富強固然重要，但基本的國民禮儀與素養尤須加把勁兒，如此才可跟上時代的巨輪啊！更何況我們是擁有「禮儀之邦」美稱的大中國啊！

與君同行，雖然讓人淡忘了舟車勞頓，但一路上馬不停蹄的趕車、趕船，此時此刻，還真是累了。大夥兒隨著接待人員搭車來到江濱酒店，一聽其名，便知座落何處，匆匆用過晚餐之後，趕緊練唱，有人建議就在江邊練唱，一則有人來人往的人潮駐足聆賞、權充觀眾，可以訓練臨場感及膽識，再則戶外空氣清新、涼爽宜人，三則戶外獻唱，好似在作公益，自娛娛人，可讓美妙的歌聲傳達於千里，是值得考慮的地點。然而，人來人往的人群容易使大家分神，再加上江邊燈火閃爍易使人分心，且尚未臻於成熟的演出，徒自暴其短，並無加分的效果。所以，權衡得失之後，還是回到室內。然而，餐廳不借、大廳不得借，在無處可借時，只好選在我們住宿的六樓電梯出口處，雖然狹窄，也只好將就將就、湊合湊合了。

由於有了四川的比賽經驗，大師深知評委所欣賞、在乎的東西，以及如何把評委所要的東西展現出來，所謂「知彼知己、百戰百勝」，要如何抓住評委的聽覺又不失自己獨特的風格，才是真正致勝的關鍵。怎奈我們這群湊合出來的團隊，實力還真是有限，加上一些主力軍無暇參與，只好在「嘸牛駛馬」的條件下盡力發揮了。在有心表現，卻無力達到理想的要求時，那是何其無奈的無力感啊！這片小小的心舟還真是載不動這許多愁呢！

還好！次日一大早尚有時間可資運用，我們早已商借好青少年宮的練唱教室作賽前的最後衝刺，然而，在無車運送下，為了省錢、又為了節省時間，還是四人一台計程車，趕赴少年宮。大家快速用過早餐，就陸續各自出發了，充分展現出訓練有素的金門戰鬥精神來，然，天不從人願，在這上班巔峰時間何處尋覓「打的」啊！真是急壞了大家，也浪費了不少寶貴時間，我從大家招攬「打的」中發現了各家的看家本領，瘦身還是有它的好處，在「力搶」中鳳英得以以瘦身的優勢快速鑽進「打的」，成功達陣；這時得發揮「當仁不讓」的精神，客氣就無車可乘了，所以，大家「搶車」的看家本事在此刻一一發揮得淋漓盡致。然而「打的」師傅在車陣中穿梭，竟無視於紅燈閃爍，亦無畏於交警的鷹眼神威，依然奮力衝刺，真是驚險萬分。這一趟車程下來，著實叫人膽顫心驚。

「音樂」這神奇的靈藥，我以為它存在著強烈的主觀意識，是見仁見智的，當然，在大前提上仍然是「英雄所見略同」，所以，練唱中，我們盡量的循著評委之偏好來作完美的修飾及樂句的處理與詮釋，但亦以不失我們的獨特風格為原則。也許是因「急驚風碰上慢郎中」及「求好心切」，一時間，大家突然都亂了方寸，越急就越掌握不住方向，大師也太高估了我們，將我們視為高材生，好像我們有很強的應變能力似的，其實，在緊急的當下，我們是無法完全進入狀況的，好似鬆散的螺絲釘，一時上緊了，但旋即又鬆開了，老了真是不中用啊！「記」得慢，「忘」得快。然而，在人性的管理上，還是得適當的休息，「太操」依然不宜，唯期盼休息過後，下午的「走場」（走位）能有「驚人的表現」。

下午兩點半準時出發，來到比賽會場，真是貴賓雲集，看那一支支充滿自信的隊伍，相形之下，讓人心生膽怯，那是自信心的不足，徒長了他人志氣，滅了自己威風，因而自信心的培養是非常的重要，不但帶來加乘作用，也種下成功的契機。當然，自信的後盾，還是有賴於堅強的實力，不覺讓人感慨深深：羅馬真的不是一天造成的。在這分秒必爭的走位中，聽聞到友團嘹亮的歌聲，不覺興起「書到用時方恨少」、「恨不當年多努力」的感嘆，此時，大家立下誓言：此後必要奮發圖強，日以繼夜的勤練不休，好好的練個十年，以彌補過往的不力。我想：若能時時擁有如此的信念與決心，想要成為一支常勝軍，肯定是不難的。

此次參賽隊伍共六十九隊之多，分成五天進行比賽，我們安排在第一天的第一場次。第一天共十二隊，比賽時所有參賽隊伍都在另一演藝廳等待，我們幸運的抽中第十二籤，最後一隊上場彩排，也是最後一隊出場比賽。等待是最叫人焦急的，又特別是處於比賽中的等待，那種焦慮不安，不知死了多少細胞。還是得等到比賽結束，方能放得下忐忑不安的心，尤其在一切尚不盡如人意的狀況下，更加無法心安。此刻，我們總算真正體會出什麼叫做「寢食難安」了。是得失心使然，導致了「食不知味」，當大夥兒拿著便當隨處席地而坐、將就著吃時，只有大師望著便當頻頻興嘆，是過度的焦慮，導致了真正的「呷抹落」啊！

大會開幕儀式八點開始，緊接著就是比賽，我們竟傻傻的在大廳裡等待復等待，吵雜的人聲，想休息也難，但在極度疲累之下，還是有人無礙於聲浪的侵襲。大廳裡五彩繽紛，處處飛舞著各團精心製作的漂亮團服，真是閃亮耀眼、光彩奪目。大家應該是在心底默默的暗自較勁兒，一比高低吧，此時穿得得體是最大的面子，方能顯現出後台——金門縣文化局——這一「支柱」的強大力量啊！所以大家都不忘留下倩影、留下笑容，也留下綿長、永恆的記憶。我們稍作休息之後，各聲部趕緊招集人馬練將起來，總得把細微處再三地練習、練習，而不熟部份也得發揮強記本事，非背它個滾瓜爛熟不可，真真是臨陣磨槍啊！

當我們練了N遍之後，發現一台Baby Grand Piano就在進入等候室的穿堂中，它猶如荒漠中的甘泉，讓人興奮、快活！此刻我們望見大師的微笑魅力鼓舞了大家的士氣，好似一切都改觀了，一切的要求也隨之迎刃而解了，真叫人喜出望外、信心倍增。輪到我們進場了，大家一鼓作氣迎上前去，孰料進到後台等候，依然是繼續等待，必須再等三支隊伍才輪到我們上場，真被這一連串的「等待」給打敗了。等候室裡安靜無聲，而寧靜的氣氛最易入眠，且為時已晚，大家也都累了，所以不由自主地打了個小盹兒，猛一醒來，精神倒也振奮了。此時發現牆上電子鐘已接近深夜十一點整，哇！這是生平參加過最漫長、時間最晚的一場比賽，可憐的評委，還得全神貫注地聆聽著每一個音符、每一段樂句，直到比賽終了。

臨上台前，連總不忘再次叮嚀女團員們要如何拉好裙襬，這曳地長裙縱然是飄逸多姿、美麗無限，但終歸是要謹慎因應，以防誤踩裙襬造成失態，以及如何在優雅的步履中走出儀態萬千，如何展現美麗的笑容來施展動人的魅力，這一連串溫馨又可愛的提示與示範，惹來大家捧腹開懷，竟連瞌睡蟲也逃之夭夭了。

終於到了緊張的一刻，大家排好進場隊伍，從黑暗的後台步履輕盈的走向燦爛輝煌的大舞台，那強烈的燈光即時照亮了容光煥發、精神抖擻的金門縣合唱團，自信心充分地展現在每個人的臉上。台前端坐著兩三排之多的資深評委，甚是壯觀，若非身經百戰，肯定要嚇破膽，而熱情的觀眾、熱烈的掌聲，讓人再次的氣勢高昂，並精準地拿捏住大師的要求、達到大師的理想，當第一首《阿里山之歌》終了，大師背對著觀眾、興奮的舉起雙手大拇指對我們作了一個「讚」的手勢，這一個「讚」，勝過千言萬語，並為大家帶來十足的信心，在乘勝追擊下，勇氣倍增的繼續另一首《快樂的牧場》，自有一番好成績展現。由於是最後一支隊伍，所以大會要求繼續站在舞台上，接受觀眾熱烈的掌聲並恭候聽眾散場離去，此時，大家開開心心、笑容滿面的站在舞台上，由於鬆懈了沉重的心理負荷，所以顯得格外輕鬆、自在。

幾天過後，得獎消息傳來，大家無不雀躍萬分。我深以為這回的成功，在於大師的魅力微笑，也就是上台前再次上緊發條的那一刻，是大師所散發出的信心，把大家的信心和勇氣都給找回了，這靈魂人物，終究不是蓋的！

金門日報　二〇一二年十二月十三日

我的開心農場
——翁維璐散文集

作　　者／翁維璐
責任編輯／劉　璞
校　　對／黃美齡、翁維璐
圖文排版／詹凱倫
封面設計／許竣閔、王嵩賀

贊助單位／金門縣文化局
出 版 者／翁維璐
法律顧問／毛國樑　律師
印製發行／秀威資訊科技股份有限公司
114台北市內湖區瑞光路76巷65號1樓
電話：+886-2-2796-3638　傳真：+886-2-2796-1377
http://www.showwe.com.tw
劃撥帳號／19563868　戶名：秀威資訊科技股份有限公司
讀者服務信箱：service@showwe.com.tw
展售門市／國家書店（松江門市）
104台北市中山區松江路209號1樓
電話：+886-2-2518-0207　傳真：+886-2-2518-0778
網路訂購／秀威網路書店：http://www.bodbooks.com.tw
國家網路書店：http://www.govbooks.com.tw
圖書經銷／紅螞蟻圖書有限公司
114台北市內湖區舊宗路二段121巷19號（紅螞蟻資訊大樓）
電話：+886-2-2795-3656　傳真：+886-2-2795-4100

2013年10月　BOD一版
定價：310元

國家圖書館出版品預行編目

我的開心農場：翁維璐散文集 / 翁維璐著. -- 一版. -- 金門縣金湖鎮：翁維璐出版；臺北市：紅螞蟻圖書經銷, 2013.10
面；　公分. -- (語言文學類；BG0003)
BOD版
ISBN 978-957-43-0846-0 (平裝)

855　　　　102019076

讀者回函卡

感謝您購買本書，為提升服務品質，請填妥以下資料，將讀者回函卡直接寄回或傳真本公司，收到您的寶貴意見後，我們會收藏記錄及檢討，謝謝！
如您需要了解本公司最新出版書目、購書優惠或企劃活動，歡迎您上網查詢或下載相關資料：http:// www.showwe.com.tw

您購買的書名：________________________________

出生日期：________年________月________日

學歷：□高中（含）以下　□大專　□研究所（含）以上

職業：□製造業　□金融業　□資訊業　□軍警　□傳播業　□自由業
□服務業　□公務員　□教職　□學生　□家管　□其它_____

購書地點：□網路書店　□實體書店　□書展　□郵購　□贈閱　□其他

您從何得知本書的消息？
□網路書店　□實體書店　□網路搜尋　□電子報　□書訊　□雜誌
□傳播媒體　□親友推薦　□網站推薦　□部落格　□其他__________

您對本書的評價：（請填代號　1.非常滿意　2.滿意　3.尚可　4.再改進）
封面設計____　版面編排____　內容____　文／譯筆____　價格____

讀完書後您覺得：
□很有收穫　□有收穫　□收穫不多　□沒收穫

對我們的建議：________________________________

____

____

____

請貼
郵票

11466
台北市內湖區瑞光路 76 巷 65 號 1 樓
秀威資訊科技股份有限公司 收
BOD 數位出版事業部

(請沿線對折寄回，謝謝！)

姓　名：________________ 年齡：________ 性別：□女 □男

郵遞區號：□□□□□

地　址：________________________________

聯絡電話：(日)________________ (夜)________________

E-mail：________________________________